Die Puppe

Dans la même collection :

Heinrich Böll
Die verlorene Ehre der Katharina Blum

Friedrich Dürenmatt
Der Richter und sein Henker

Franz Kafka
Brief an den Vater

Bernhard Schlink
Zuckererbsen

Arthur Schnitzler
Fräulein Else
Spiel im Morgengrauen

Patrick Süskind
Der Kontrabass
Die Taube

Stefan Zweig
Schachnovelle

Collectifs :
20 Kurzgeschichten des 20. Jahrhunderts

Deutsche Kurzgeschichten

Geschichten von heute

Moderne Erzählungen

Collection « Lire en allemand »
dirigée par Henri Yvinec
Premières lectures

Die Puppe
und andere Geschichten

Choix et annotations
par Ghislaine Alexandre
Professeur d'allemand

Le Livre de Poche

Das Bad (Friedrich und Friederike, 1983) © Luchterhand Literaturverlag, Frankfurt/Main.

Krieg spielen (Friedensgeschichten) © Ravensburger Buchverlag Otto Maier GmbH.

Unberechenbare Gäste (Gesammelte Erzählungen Bd. 2) © 1981, Verlag Kiepenheuer und Witsch, Köln.

Das Schloss der Vampire (Das Gruselbuch) © Verlag Kremayr und Scheriau, Wien.

Dietrichs Jugend (Deutsche Heldensagen) © 1969, Insel-Verlag Anton Kippenberg Leipzig.

Vor dem Gesetz (Gesammelte Werke, Erzählungen) © 1935, Schocken Verlag, Berlin - 1946-1963, Schocken Books Inc., N.Y., U.S.A. Mit Genehmigung der S. Fischer Verlag GmbH, Frankfurt am Main.

Die Puppe (Damals war ich vierzehn) © Avec l'autorisation de Jugend und Folk, Edition Wien, Dachs-verlag GmbH.

Einer der auszog, das Fürchten zu lernen (Und weil sich nichts geändert hat, bleibt uns noch viel zu tun) © Rolf Breitenstein.

La collection « Les Langues Modernes » n'a pas de lien avec l'A.P.L.V. et les ouvrages qu'elle publie le sont sous sa seule responsabilité.

© Librairie Générale Française, 1992, pour les notices et les notes.

Sommaire

Introduction 7

Die Puppe *(Winfried Bruckner)* 9

Das Bad *(Max von der Grün)* 21

Krieg spielen *(Gudrun Pausewang)* 55

Das Schloß der Vampire *(Kurt Benesch)* . 77

Einer, der auszog, das Fürchten zu lernen
  (Rolf Breitenstein) 99

Dietrichs Jugend
  (Gretel und Wolfgang Hecht) 107

Unberechenbare Gäste *(Heinrich Böll)* ... 117

Vor dem Gesetz *(Franz Kafka)* 135

Wortregister 143

ABKÜRZUNGEN

etw.	etwas	*quelque chose*
z.B.	zum Beispiel	*par exemple*
u.a.	unter anderem	*entre autres choses*
u.s.w.	und so weiter	*etc...*
Ugs.	Umgangssprache	*langue parlée*
Vulg.	vulgär	*vulgaire*
(+A)		*employé avec l'accusatif*
(+D)		*employé avec la datif*
(+G)		*employé avec le génitif*
jd.	jemand	*nominatif de la personne*
jdn.	jemanden	*accusatif de la personne*
jdm.	jemandem	*datif de la personne*
Konj 1	1. Konjunktiv	*subjonctif 1*
Konj 2	2. Konjunktiv	*subjonctif 2*
ind. R.	indirekte Rede	*style indirect*
österr.	österreichisch	*autrichien*

Les *Premières Lectures en allemand* proposent un choix de textes littéraires modernes et contemporains que l'on peut aborder dès que l'on possède bien les premiers éléments de la langue. Il s'agit d'œuvres authentiques, *non simplifiées, non abrégées*. Cette nouvelle collection constitue une toute première étape vers la lecture autonome, grâce à des notes en allemand facilement repérables, sans dictionnaire ni traduction.

À ce premier niveau comme au suivant (Collection *Lire en...*), une aide est apportée au lecteur, fondée sur la même démarche.

On trouvera :

En page de gauche

des textes contemporains, le plus souvent des nouvelles courtes, voire très courtes, dont les thèmes ont été choisis de manière à intéresser les jeunes aussi bien que les adultes, textes retenus pour leurs qualités littéraires et leur intérêt linguistique.

En page de droite

des notes juxtalinéaires rédigées dans la langue du texte, qui permettent au lecteur de

Comprendre

Tous les mots et expressions difficiles contenus dans la ligne de gauche sont reproduits en caractères gras et expliqués dans le contexte.

Observer

Des notes d'observation de la langue soulignent le caractère idiomatique de certaines tournures ou constructions.

Apprendre

Dans un but d'enrichissement lexical, certaines notes proposent enfin des synonymes, des antonymes, des expressions faisant appel aux mots qui figurent dans le texte.

Grammaire basée sur la fréquence des erreurs

Le lecteur trouvera à la fin de chaque texte un rappel des structures les plus difficilement assimilées par les francophones. Des chiffres de référence renverront au contexte et aux explications données dans les *Grammaires actives* (de l'anglais, de l'allemand, de l'espagnol...) publiées au *Livre de Poche*.

Vocabulaire en contexte

En fin de volume, une liste de 1 500 à 2 000 mots contenus dans les textes, suivis de leur traduction, comporte, entre autres, les verbes irréguliers et les mots qui n'ont pas été annotés faute de place ou parce que leur sens était évident dans le contexte. Grâce à ce lexique on pourra, en dernier recours, procéder à quelques vérifications ou faire un bilan des mots retenus au cours des lectures.

Puisse cette nouvelle collection aider le lecteur à découvrir le plus rapidement possible des œuvres originales dans les littératures étrangères.

Henri Yvinec

Winfried Bruckner
Die Puppe

In der ersten Geschichte dieser Sammlung schildert Winfried Bruckner, österreichischer Schriftsteller, Ereignisse, die er als Kind in der Nazizeit selber erlebt hat.

"Die Puppe" ist die eines jüdischen Mädchens, Sarah, die von zwei Jungen mißhandelt wird. Der kleine Winfried versteht nicht ganz, warum die Jungen seine Freundin "Judensau" nennen, warum sie und ihre Familie eines Abends abgeholt werden...

Die Erzählung ist dem Band "Damals war ich vierzehn" entnommen, in dem bekannte Autoren und Autorinnen über ihre Erinnerungen an die schreckliche Zeit von damals berichten. Winfried Bruckner, 1937 in Krems geboren, ist Chefredakteur mehrerer Zeitschriften. Er erhielt den österreichischen Staatspreis für Jugendliteratur. Sein Roman "Die toten Engel" erzählt auch von dem Schicksal jüdischer Kinder während des 2. Weltkrieges im Warschauer Getto. In seinen anderen Werken will er oft "brennende Probleme der Gegenwart jungen Menschen nahebringen": z.B. soziales Elend im Roman "Die gelben Löwen von Rom", Leben junger Arbeiter in "Sieben Tage lang", Vietnamkrieg in "Aschenschmetterlinge".

Sie hieß Sarah, war sieben Jahre alt, hatte pechschwarzes, gekräuseltes Haar, und ich hatte sie gern. Ich hatte sie so gern, wie ich meine Eltern gern hatte, meine Eisenbahn, die Pferde auf dem großen Ringelspiel. Sarah hatte zwei Puppen, die wie Zwillinge aussahen und die ich ständig verwechselte: Elvira hieß die eine, Maria die andere. Sarah sagte, Elvira sei sieben Jahre älter als Maria. Sagte Sarah, und sie mußte es wissen, sie war die Puppenmutter, und sie plapperte unentwegt mit ihren beiden Kindern, und sie redete wie ein Wasserfall, wenn wir uns oben auf dem Kreuzberg trafen, hoch über der Stadt. Dort stand ein hölzernes Kreuz auf einem Felsen, ein Christus hing daran, mit erstorbenen Augen und Blut, das in breiten Tropfen über seinen Körper rann. Daneben war eine Höhle im Felsen, und wir trafen uns jeden Tag. Dann lag die Stadt weit unter uns, Rauch über den Häusern, eine schwarze Rauchfahne über dem Gefängnis, ein funkelnder Wetterhahn auf einem Turm, der aufblitzte, wenn die Sonne schien.

Ich erinnere mich an den Tag, an dem wir zum letztenmal gemeinsam dort oben waren.

»Wenn ich groß bin«, sagte Sarah, »werde ich Doktor wie mein Vater, aber ich werde ein Doktor, den sie auch arbeiten lassen, nicht wie Papa, den sie nicht arbeiten lassen. Ich finde das gemein, wirklich, wo er der beste Arzt ist in der ganzen Stadt, überhaupt der beste Arzt der Welt. Und jetzt muß er zu Hause sitzen und darf nicht arbeiten, weil er ein Jude ist, weißt du eigentlich, was das ist, ein Jude?«

»Klar«, sagte ich. Aber ich wußte es nicht. Ich wußte nur, daß in letzter Zeit immer wieder von den Juden geredet wurde. »Juden sind böse«, sagte ich. »Und

pechschwarz: schwarz wie Pech *(poix)*
gekräuselt: mit kleinen Locken □ **hatte sie gern**: mochte sie

Eisenbahn: Zug; hier: Spielzeug □ **Ringelspiel**: Karussell
Zwillinge haben das selbe Geburtsdatum
ständig: immer □ **verwechselte**: wer war Elvira? Wer war Maria? **sei** < sein (Konj.I ind. Rede) ⌀ **...älter als**: nicht so jung wie
plapperte: redete viel □ **unentwegt**: unaufhörlich, immer
Wasserfall: cf. Niagarawasserfälle; redete wie ein Wasserfall: viel und unaufhörlich □ **Kreuzberg**: Name eines kleinen Berges
hölzernes Kreuz: Kreuz aus Holz; Christus hing am Kreuz
erstorben: tot, leblos
Blut ist rot und fließt in den Venen □ **Tropfen**: Wassertropfen, Öltropfen, Bluttropfen...□ **Höhle**: Loch im Felsen
Rauch: kein Rauch ohne Feuer (cf. rauchen)
...fahne: *panache*
Gefängnis: ein Krimineller sitzt im G. □ **Wetterhahn**: *girouette*
aufblitzte: Feuer, Licht blitzen auf; cf. das Blitzlicht eines Fotoapparates □ **erinnere mich**: habe nicht vergessen □ **zum letzten Mal** ≠ zum ersten Mal □ **gemeinsam**: zusammen

gemein: böse, schlecht
der beste < gut □ **Arzt**: Doktor □ **überhaupt**: *et même...*
zu Hause sitzen: ...bleiben
Jude: Hitler verfolgte die Juden
eigentlich: gewiß, wirklich
wußte < wissen
in letzter Zeit: in den letzten Monaten
von den J. geredet wurde: man sprach von den J.

Juden sind häßlich.«

»Findest du, daß ich häßlich bin?« fragte Sarah. »Und Elvira? Und Maria?«

»Na ja«, sagte ich, »es muß ja auch Ausnahmen geben. Vielleicht gibt es ein paar Juden, die nicht sehr häßlich sind.«

»Wenn ich einmal Doktor bin, dann kannst du ruhig krank werden«, sagte Sarah. »Ich wünsche mir, daß du krank bist. Alle Krankheiten sollst du bekommen.« Ich erinnere mich, daß sie alle Krankheiten aufzählte, die sie kannte, und ich ihr versprechen mußte, dauernd krank zu sein, und sie würde dann kommen und mich wieder gesund machen. Wie ihr Vater.

»Na ja«, sagte ich. »Wenigstens in den Schulferien möchte ich manchmal gesund sein.«

»In den Schulferien schon«, sagte Sarah großmütig. »Aber dafür mußt du die Masern zweimal bekommen, ja?«

»Gut«, sagte ich.

Dann erzählte Sarah, daß sie vielleicht schon bald fortgehen würden.

»Mama und Papa reden dauernd davon«, sagte sie. Irgendwohin wollten sie gehen, wo es im Sommer und im Winter warm war. »Ich möchte in ein Land gehen, wo es Affen gibt«, sagte Sarah.

»Ich auch«, sagte ich.

»Darfst du aber nicht«, sagte Sarah, »du bist kein Jude.«

Ich wollte nicht, daß sie fortging, und ich sagte es ihr auch.

»Ich will, daß wir uns hier oben treffen, jeden Tag, und wir spielen, und ich bekomme dafür zehnmal

häßlich ≠ schön

Ausnahme ≠ Norm, Regel. z.B. keine Regel ohne Ausnahme
ein paar: einige

ruhig: ohne Angst zu haben
ich wünsche mir, daß...: ich hoffe, daß ...
Krankheit(en): cf. krank
aufzählte: gab die Namen der Krankheiten an
kannte < kennen ☐ **dauernd**: immer ☐ **versprechen**: versichern, beschwören ☒ **würde...kommen**: Konj. II
gesund machen: heilen; gesund ≠ krank
wenigstens: *au moins* ☐ **Schulferien**: wenn es keine Schule gibt

großmütig: großzügig, tolerant
Masern: eine Krankheit; man wird ganz rot

☒ **fortgehen würden**: Konj.II, ind.Rede
reden ...davon: sprechen von ihrer Abreise
irgendwohin: ganz egal wohin ☐ **Sommer**: eine Jahreszeit wie der Herbst, der Winter, der Frühling
Affe(n) wie Schimpansen, Gorillas

fortging < fortgehen: weggehen

oben ≠ unten

die Masern. Einverstanden?«

»Ich weiß nicht«, sagte sie zögernd.

Wir sahen sie schon von weitem. Es waren vier Buben, alle größer als ich. Sie trugen Lederhosen mit Gürteln und Steinschleudern, und sie machten wichtige Gesichter, wie man sie macht, wenn man hinter wichtigen Dingen her ist, hinter Schlangen oder hinter Heuschrecken oder hinter Schnecken oder Feuersalamandern. Als sie uns sahen, blieben sie zögernd stehen, sie schauten uns nicht an, weil Jungen niemals jemanden anschauen, wenn ein Mädchen dabei ist. Zwei von ihnen kannte ich, flüchtig.

»Hallo«, sagte ich.

Sie schwiegen, sie blickten zu Boden, sie kickten Steine in die Luft, und sie kratzten mit den Füßen Furchen in den staubigen Weg.

»Der spielt mit Puppen«, sagte dann der größte.

»Der spielt mit Mädchen«, sagte ein anderer.

»Der spielt mit einem Judenmädchen«, sagte der größte. Sie standen jetzt still, und ihre Gesichter waren angespannt. Und dann brüllten sie: »Judenmädchen, Judenmädchen«, und das Brüllen wurde immer lauter und immer wilder.

Sarah kannte das Geschrei. In letzter Zeit riefen ihr Kinder auf der Straße das Wort nach oder Schimpfwörter. »Ich glaube, wir gehen«, sagte Sarah ruhig. Ich hätte die Buben ohrfeigen wollen, ich hätte sie gern den Berg hinuntergerempelt, ich hätte sie gern mit den Köpfen zusammengestoßen. Doch sie waren größer als ich, und sie waren stärker als ich. Und sie hatten Steinschleudern. Also gingen wir, Sarah und ich. Wir gingen dicht nebeneinander, und ich weiß noch, wie ich

einverstanden: okay
zögernd < zögern: sie wußte nicht, was sie antworten sollte
von weitem: cf. weit ≠ nah ▢ **Bube(n)**: Junge
Lederhose(n): Hose aus Leder *(cuir)* ▢ **Gürtel**: ohne Gürtel fällt die Hose herunter ▢ **Steinschleuder**: mit St...können sie Steine werfen ▢ **wichtig**: ernst
Schlange(n): *serpent* ▢ **Heuschrecke(n)**: *sauterelle*
Schnecke(n): *escargot* ▢ **Feuersalamander**: schwarz-gelb gezeichneter Salamander ▢ **blieben... stehen**: stoppten
niemals ≠ immer ⊘ **jdn. anschauen**: jdn. ansehen; jdm. zuschauen, zusehen
flüchtig: ein wenig

schwiegen < schweigen: sprachen nicht ▢ **kicken**: stoßen; beim Fußball: den Ball kicken ▢ **kratzen**: der Hund kratzt an der Tür ▢ **Furche(n)**: Rinne, Rille ▢ **staubig** < Staub

Judenmädchen: jüdisches Mädchen; Jüdin
standen...still < stillstehen: bewegten sich nicht mehr
angespannt: angestrengt ≠ ausgeruht ▢ **brüllten**: schrien laut ⊘ **das Brüllen**: das Geschrei
wilder < wild: der Tiger ist ein wildes Tier
riefen...nach < nachrufen: zu jdm. etw. schreien
Schimpfwort(¨er): grobes Wort

ohrfeigen: eine Ohrfeige *(gifle)* geben ⊘ **hätte... ohrfeigen wollen**
hinuntergerempelt (Ugs): nach unten gestoßen
zusammengestoßen: Kopf gegen Kopf geschlagen ▢ **größer** < groß ▢ **stärker** < stark
gingen < gehen
dicht nebeneinander: ganz nah

ihren mageren Körper spürte und wie warm dieser Körper war. Und obwohl ich sie nicht ansah, weil ich nur daran dachte, daß ich ein Feigling war, spürte ich, wie sie tapfer lächelte.

Wir mußten an den Burschen vorbei, und sie stellten Sarah ein Bein. Sie stolperte und fiel hart auf den Boden. Da lag sie, und jetzt begann sie leise zu weinen. Eine Puppe hatte sie noch im Arm, die andere lag im Staub — ich weiß nicht, ob es Maria oder Elvira war. Auf diese Puppe stürzte sich einer von den vieren, und sie fingen an, sich die Puppe wie einen Ball zuzuwerfen, sie immer höher zu werfen, immer höher.

Sarah schrie und weinte und lief zwischen ihnen hin und her, um die Puppe abzufangen.

Da packten sie die Puppe — ein Fetzen Stoff mit einem lächelnden Kopf darauf —, einer von ihnen hatte einen neuen Dolch am Gürtel, mit dem heftete er die Puppe an den Kreuzbalken. Sie lachten über diesen Spaß und über die entsetzte Sarah und brüllten jetzt: »Judensau. Judensau.«

Sarah und ihre Eltern konnten nicht mehr fortgehen in ein anderes Land. Eine Woche später wurde die Familie Blauenstein gegen Abend abgeholt. Die Eltern, Sarah und ihre Schwester, ein kleines Mädchen, dessen Name ich vergessen habe. Sie hatten nur wenige Stunden Zeit, um zu packen, nur ein paar Koffer durften sie mitnehmen. Ich stand dabei und fragte, wohin sie gingen, aber niemand gab Antwort, auch meine Eltern nicht. Das Gesicht ihres Vaters war grau und eingefallen. Die Mutter betete. Und Sarah konnte ihren Koffer nicht zubekommen, so sehr wir auch darauf knieten. Sie sagte immer nur, vielleicht dürfe sie zu den Affen, in ein

mager ≠ dick, korpulent □ **spüren**: fühlen, merken
obwohl: obgleich, obschon
dachte < denken □ **Feigling**: ein F...ist feige (≠ mutig), ängstlich bei Gefahr □ **tapfer**: mutig ≠ feige
Bursche (n n): Junge □ **stellten S. ein Bein**: versuchten, S. zu Fall zu bringen □ **stolperte**: verlor das Gleichgewicht
begann < beginnen
lag < liegen

stürzte sich auf: warf sich auf □ **einer von den vieren**: ...von den vier Jungen □ **fingen...an** < anfangen: beginnen
höher < hoch
schrie < schreien □ **lief** < laufen
abfangen: erwischen
packen: ergreifen, nehmen □ **Fetzen Stoff**: Stück Stoff
lächelnd < lächeln: lautlos lachen
Dolch: Stichwaffe □ **heftete**: befestigte, wie mit Nadeln oder Nägeln □ **K... balken**: zwei Balken bilden das Kreuz
entsetzt: erschrocken, verstört
Sau: Mutterschwein; hier: Schimpfwort (vulg.)

Land: wie Frankreich, Deutschland, England
⌀ **wurde...abgeholt**: man holte sie ab

dessen Name ich v...habe: ich weiß seinen Namen nicht mehr
packen: einen Koffer, eine Tasche vor der Abreise packen
stand < stehen □ **dabei**: daneben
gab Antwort: antwortete
das Gesicht war eingefallen: *il avait les traits tirés*
betete < beten: zu Gott sprechen; das Ave Maria, das Vaterunser sagen □ **zubekommen**: zumachen □ **knieten** < knien: cf. Knie *(genou)*

Land, in dem es Sommer und Winter warm war.

Als sie zum Lastwagen ging, war ihr Koffer noch immer offen. Und ich konnte die ganze Zeit nichts anderes denken als: Der Koffer wird aufgehen, bestimmt verliert sie ihren Koffer und alles, was sie liebt, sogar die Puppe. Maria oder Elvira.

Später habe ich erfahren, daß die Familie Blauenstein in einem Lager getötet worden ist.

Lastwagen: Laster, L.K.W.
offen: auf ≠ zu □ **nichts anderes denken:** nur daran denken
bestimmt: sicher
sogar: und auch

erfahren: gehört
Lager: Konzentrationslager; K.Z.

Grammaire au fil des nouvelles

Les références placées après chaque rubrique grammaticale renvoient à la Grammaire active de l'allemand ; *les chiffres placés après chaque phrase renvoient aux pages et aux lignes du texte.*

Comparatif (p. 176).

Elvira avait *sept ans de plus que Maria* (10 - 7, 8).
Ils étaient *plus grands que moi* (14 - 4).
Leurs cris devenaient *de plus en plus sauvages* (14 - 22, 23).
Ils lançaient la poupée *de plus en plus haut* (16 - 12).
Une semaine *plus tard* on vint chercher la famille (16 - 22).

Subordonnées relatives (p. 304).

Sarah avait deux poupées *qui se ressemblaient comme des jumelles* (10 - 5).
Je me souviens du jour *où je suis allé là-haut pour la dernière fois* (10 - 20).
Je serai un docteur *qu'ils laisseront travailler* (10 - 23).
C'était une petite fille *dont j'ai oublié le nom* (16 - 24).

Auxiliaires de mode, emploi (p. 36), double infinitif (p. 44).

Il est obligé de rester à la maison et *n'a pas le droit* de travailler (10 - 27,28).
Je voudrais aller dans un pays où il y a des singes (12 - 25).
Je ne voulais pas qu'elle s'en aille (12 - 29).
Ils ne purent prendre que quelques valises (16 - 26).
Elle n'arrivait pas à fermer sa valise (12 - 30).
J'aurais voulu gifler les garçons (14 - 27).

Passif (p. 52).

On parlait toujours des juifs (10 - 31,32).
Vers le soir *on vint chercher* la famille (16 - 22,23).
J'ai appris que la famille *avait été tuée* (18 - 8).

Max von der Grün

Das Bad

Max von der Grün wurde 1926 in Bayreuth geboren. Nach dem Krieg arbeitete er als Maurer und ab 1951 als Bergmann im Ruhrgebiet. Seit 1963 lebt er als freier Schriftsteller in Dortmund. Unter seinen Jugendbüchern ist der Roman "Die Vorstadtkrokodile" sehr bekannt und sogar verfilmt worden. "Das Bad" ist eine der neun Geschichten, die das Buch "Friedrich und Frederike" umfassen (1985 erschienen). Es spielt in einer Siedlung am Rand Dortmunds und erzählt von den Erlebnissen eines Mädchens und eines Jungen (beide fünfzehn), die ihre Abenteuer mit Mut und Fantasie bestehen. Doch ist das noch die alte Kinderfreundschaft, die sie verbindet oder "ist das schon die Liebe?" (so heißt der Untertitel).

Diese alltäglichen Abenteuer sind auf eine sehr lebendige Weise geschildert. Dialoge wechseln mit Textstellen, die aus der Sicht des Autors erzählt werden. Nicht nur dieser Wechsel macht den Reiz der Lektüre aus, sondern auch die Sprache: lebendige Umgangssprache in kurzen Sätzen geschrieben.

Gerhard Lodemann, Friedrichs Vater, war seit Jahren leidenschaftlicher Angler. Er brüstete sich bei jeder Gelegenheit und vor jedermann, besonders vor Friedrichs Mutter, der beste und erfolgreichste Angler weit und breit zu sein; er erzählte, ob man es nun hören wollte oder nicht, dauernd von seinen Erfolgen. Natürlich war dabei eine Menge Angeberei. »Anglerlatein« sagt man für Geschichten, die übertrieben und unwahrscheinlich klingen, entweder nie passiert sind oder zumindest nicht so, wie Herr Lodemann sie erzählte und mit vielen Worten ausschmückte.

Einmal, als er an einem Sonntagmittag mit leeren Händen vom Angeln zurückgekehrt war, behauptete er, er habe einen großen Hecht an Land gezogen, der sei so schwer gewesen wie ein junges Schwein, und als Friedrich fragte, wo denn nun der Hecht abgeblieben sei, erklärte sein Vater wortreich: Just in dem Moment, in dem er dem Hecht den Angelhaken aus dem Maul gezogen habe, sei der Hecht plötzlich mit einem hohen und weiten Satz davongeschnellt, auf Nimmerwiedersehen zurück ins Wasser.

Friedrich und Friederike ärgerten sich über so großsprecherische Worte und legten sich einen Plan zurecht.

Hinter der Siedlung »Neue Heimat«, in der sie wohnten, lag ein See, der vor mehr als zwanzig Jahren, als unter Tage noch Kohle abgebaut wurde, durch Bodensenkung entstanden war. Er war nicht allzu tief, aber so groß, daß im Winter, wenn der See zugefroren war, mehr als tausend Menschen auf dem Eis Schlittschuh laufen konnten, ohne sich gegenseitig zu behindern. Der See war fischreich, ein Fischereiverein pflegte

Das Bad 23

war ein leidenschaftlicher A.: angelte sehr gern
brüstete sich: prahlte □ **bei jeder Gelegenheit**: so oft er konnte

beste < **gut** □ **der erfolgreichste A.** fängt viele Fische, hat Erfolg
beim Fischen □ **weit und breit**: in der ganzen Gegend
dauernd: immer
eine Menge Angeberei (fam.): vieles falsch
übertrieben < **übertreiben**: aus einer Mücke einen Elefanten
machen □ **entweder...oder**: *soit...soit*
zumindest: mindestens *(tout au moins)*
ausschmückte: verschönerte (cf. schön)

zurückgekehrt: zurückgekommen
er habe..., der sei...: Konj I, Ind. Rede □ **der Hecht** ist ein
Fisch *(brochet)*

wortreich: mit vielen Worten; ausführlich
Angelhaken: daran hängt der Fisch □ **Maul**: Mund der Tiere

Satz: Sprung □ **davon geschnellt**: von dort weggesprungen

ärgerten sich: wurden ärgerlich, böse
großsprecherische: prahlerisch ≠ bescheiden □ **legten sich...**
zurecht: erfanden
Siedlung: Gruppe gleichartiger Wohnhäuser mit Garten
☒ **der See** *(lac)*; **die See**: wie die Nordsee, die Ostsee
unter Tage: unter der Erdoberfläche □ **Kohle** ist schwarz;
damit wird geheizt □ **Bodensenkung**: dort stürzte der Boden
zusammen □ **zugefroren** < **zufrieren**: mit Eis bedeckt
Schlittschuh laufen: eislaufen
sich behindern: im Wege stehen
fischreich: mit vielen Fischen □ **...verein**:...klub

und hegte ihn und setzte, wenn nötig, neue Brut aus: Forellen, Barsche und Aale.

Seit den ersten Januartagen war der See wieder zugefroren. Es herrschte klirrende Kälte; bis minus zehn Grad zeigte das Thermometer. An den Nachmittagen, bis Einbruch der Dunkelheit, tummelten sich Hunderte von Schlittschuhläufern auf dem Eis. Auch die, die sonst ins Eisstadion fuhren, liefen nun auf dem See, denn er lag fast vor der Haustür und kostete keinen Eintritt.

10 Als es dunkel geworden war und die Eisfläche verlassen dalag, brachen Friedrich und Friederike mit einem Beil und einer Brechstange, die sie aus Lodemanns Gartenhäuschen geholt hatten, ein Loch in das Eis. Es sollte nicht größer als eine Kinderbadewanne werden, und trotzdem war es eine anstrengende, schweißtreibende Arbeit. Der kalte Wind biß in ihre Gesichter, der Frost ließ Hände und Füße fast erstarren, wenn sie eine Pause machten, und sie mußten sich immer öfter erholen, denn die Eisdecke war dick und
20 nur mühsam zu zertrümmern. Die abgeschlagenen Eisstücke fischte Friederike mit einer Holzlatte und einer Eisenharke aus dem Wasser.

Ihren Eltern hatten Friedrich und Friederike erzählt, nach dem Eislaufen würden sie gleich in die Turnstunde gehen und deshalb erst gegen Abend nach Hause kommen. Die Turnhalle lag auf dem Gelände der Hauptschule, die Schule wiederum inmitten der Siedlung; zweimal in der Woche gingen Friedrich und Friederike im Winter in die Turnhalle, einmal zum
30 Volleyball, einmal zum Geräteturnen. Die vier Angelruten, die auf dem Eis lagen, hatte Friedrich aus der Garage seines Vaters entwendet. Friedrich wußte auch,

hegte: kümmerte sich um ☐ **Brut**: ganz junge Fische
Forelle(n): *truite* ☐ **Barsch(e)**: *perche* ☐ **Aal(e)**: *anguille*

es herrschte klirrende Kälte: es war sehr, sehr kalt; das Eis klirrte unter den Füßen
bis Einbruch der Dunkelheit: bis es dunkel wurde ☐ **tummelten sich**: liefen umher ☐ **der Schlittschuhläufer** läuft Schlittschuh
Eisstadion: dort kann man Schlittschuh laufen
vor der Haustür: nicht weit ☐ **kostete keinen E.**: war eintrittsfrei ☐ **die Eisfläche**: der gefrorene See
verlassen: leer von Menschen
Beil: damit kann man Holz zerkleinern ☐ **Brechstange**: *pince monseigneur*

anstrengend: ermüdend
bei einer **schweißtreibenden** A. wird viel geschwitzt ☐ **biß** < **beißen** ☐ **Frost**: cf. frieren ☐ **erstarren**: unbeweglich werden

sich...erholen: eine Pause machen
mühsam: schwierig ☐ **zertrümmern**: zerkleinern, zerschlagen
Holzlatte: Latte aus Holz
Eisenharke: Harke *(râteau)* aus Eisen

in die Turnstunde gehen: Gymnastik treiben
☑ **erst** am Abend aber: nur 3 Bonbons haben
Turnhalle: Saal, wo geturnt wird ☐ **Gelände**: Grundstück, Terrain ☐ **wiederum**: auch ☐ **inmitten**: in der Mitte

beim **Geräteturnen** macht man Übungen auf Barren, Pferd, Balken...
entwendet: heimlich weggenommen

wie die Köder angelegt werden; oft genug hatte er seinen Vater zum Angeln begleitet, meistens Sonntag vormittags an den Kanal. Wenn er auch sonst keine große Begeisterung fürs Angeln zeigte, zum Leidwesen seines Vaters, der aus ihm einen großen Angler machen wollte, so begleitete er seinen Vater doch ganz gern zum Kanal. Da war immer was los, da fuhren die Schiffe zum Dortmunder Hafen oder tuckerten entgegengesetzt in Richtung Schiffshebewerk Henrichenburg.

Als das Loch im Eis groß genug war, hängte Friedrich Haken und Schnüre ins Wasser und beschwerte die Angelruten auf dem Eis mit Steinen, die er am Ufer aufgelesen hatte. Sie mußten nun nicht mehr dabeistehen und warten, bis ein Fisch anbiß; sie mußten auch nicht fürchten, daß ein Fremder die Angeln stahl. Bis zum nächsten Vormittag waren sie sicher, bis dahin würde niemand die Eisfläche betreten.

Zufrieden standen Friedrich und Friederike vor ihrem Werk, dem Loch im Eis, und froren erbärmlich. Sie hofften, daß bis zum Morgen einige Fische angebissen hatten: dann nämlich konnte Friedrich stolz und schadenfroh vor seinen Vater treten und sagen: Guck her, mir flutschen die Fische nicht ins Wasser zurück, wenn ich ihnen die Haken aus dem Maul ziehe.

»Komm, Rike, wir verduften jetzt. Entweder die Biester beißen an, dann haben wir Glück gehabt, oder sie beißen nicht an, dann haben wir Pech gehabt.«

»Mein Gott, was bist du schlau«, sagte Friederike. »Und wenn wir Glück haben — was dann? Was willst du eigentlich mit den Fischen? Willst du sie deinem Vater ins Bett legen zum Ausbrüten? Dann müßtest du nämlich zugeben, daß wir seine Angeln geklaut haben

Köder: Lockspeise zum Fangen von Fischen wie Würmer, Fliegen □ **hatte seinen Vater begleitet**: war mitgekommen
wenn er auch...: *même si...* □ **keine Begeisterung fürs A. zeigte**: angelte nicht sehr gern □ **zum Leidwesen des Vaters**: das machte den Vater traurig

war immer was los: passierte immer was
Hafen: wie der Hafen von Hamburg □ **tuckern**: ein Geräusch, wie Bootsmotoren es machen □ **Schiffshebewerk**: *élévateur pour bateau*
Schnur(¨e): Faden der Angelrute □ **beschwerte**: machte schwerer, belastete □ **Ufer**: Rand des Sees
auflesen: aufsammeln, vom Boden aufheben
anbiß < anbeißen: den Köder fressen
fürchten: Angst haben □ **Fremder**: Unbekannter □ **stahl** < stehlen: wegnehmen □ **würde** < werden: Konj. II
niemand ≠ jemand □ **die Eisfläche betreten**: auf die E. gehen

Werk: Arbeit □ **sie froren** (< frieren) **erbärmlich**: es war ihnen sehr sehr kalt

schadenfroh: spöttisch und gemein □ **guck her!** (Ugs): sieh mal! □ **flutschen** (Ugs): schnell aus der Hand gleiten

verduften (Ugs): hauen ab, gehen weg
Biest(er): kleines Tier; hier Fischlein
Pech (haben) ≠ Glück
schlau ≠ dumm, blöd
was dann?: was machen wir dann?
eigentlich: in Wirklichkeit
zum Ausbrüten: damit er sie ausbrütet *(couver)*
zugeben: gestehen □ **geklaut** < klauen (fam.): stehlen

und daß wir gefischt haben, obwohl es verboten ist. Und das bei deinem Vater, dem doch Vorschriften was Heiliges sind.«

»Es wird sich was finden.«

»Es wird sich was finden«, sagte Friederike. »Und was, bitte?«

Sie liefen und schlitterten nebeneinander über das Eis auf das Ufer zu; plötzlich nahm Friederike mit großen Schritten Anlauf und verschwand schlitternd im Dunkeln. Aus einiger Entfernung rief sie: »Wo bin ich? Fang mich!«

Friedrich folgte ihr in die Richtung, aus der er ihre Stimme gehört hatte; einmal fiel er auf den Hintern und hörte Friederike in der Nähe lachen. Während er sich wieder aufrappelte, sah er, nun schon weiter entfernt, einen Schemen auf dem Eis, der sich aber nicht in Richtung Straße bewegte, sondern auf die andere Seite des Ufers zu. Dort lag eine Koppel, auf der im Sommer der Bauer, der unterhalb einer schon begrünten Schutthalde seinen Hof hatte, die Kühe weiden ließ.

Friedrich rief: »Rike! Komm zurück! Da drüben ist es saugefährlich, da ist das Eis zu dünn! Das trägt dich nicht.«

An jenem Ufer wurde das Eis, auch bei strengstem Frost, nie besonders dick, denn ein warmer Zufluß vom nicht weit entfernten Bauernhof verhinderte die Bildung einer tragfähigen Eisdecke.

Kaum hatte er gerufen, hörte er schon das Eis krachen und gleich darauf einen Entsetzensschrei. Friedrich stand wie festgewachsen und horchte, aber er hörte nur ein Auto, das auf der Uferstraße fuhr, und sah die Scheinwerfer die Nacht zerteilen. Friederike war ver-

verboten ≠ erlaubt
Vorschrift(en): Befehl, Regel
heilig: ernst, tabu, unantastbar
es wird sich was finden: man wird schon eine Ausrede finden

liefen < laufen: rennen ☐ **schlitterten** (Ugs): rutschten auf dem Eis, wie mit Schlittschuhen ☐ **auf das Ufer zu**: bis zum Ufer
nahm Anlauf, um schnell davonzurutschen
aus einiger Entfernung: als sie etwas ferner war

☒ **folgte ihr**: (+ Dativ)
sie sprach: er hörte **ihre Stimme** ☐ **Hintern**: »Popo« sagen kleine Kinder dazu ☐ **Nähe** ≠ Ferne
sich aufrappeln (Ugs): schnell aufstehen
Schemen: Schatten

Koppel: Weide; grasbewachsene Fläche
unterhalb (+ Gen.) **einer Schutthalde**: *au pied d'un terril*
Hof: Bauernhof ☐ **weiden**: Gras fressen
da drüben: auf der anderen Seite
saugefährlich (Ugs): sehr gefährlich ☐ **dünn** ≠ dick

bei strengstem Frost: wenn es sehr fror (< frieren)
Zufluß: hinzufließendes Gewässer
verhinderte: machte unmöglich ☐ **Bildung**: cf. bilden
eine tragfähige Eisdecke ist dick genug, um jdn zu tragen
kaum hatte er gerufen: er hatte eben gerufen
krachen: mit Lärm brechen ☐ **Entsetzensschrei**: Schrei voll Schreck, voll Horror ☐ **festgewachsen**: wie eine Pflanze in der Erde
Scheinwerfer: vordere Lichter eines Autos

schwunden.

Endlich, als er schon nicht mehr wußte, wohin er sich wenden sollte, hörte er erstickte Schreie: »Hilfe! Fritz! Hilfe! Hierher!«

Friedrich rannte los, so schnell es auf dem Eis ging. Während er lief, hatte er die schrecklichsten Bilder vor Augen; dann, als sei eines davon Wirklichkeit geworden, sah er Friederikes Kopf wie losgelöst vom Körper in einem Eisloch aus dem Wasser schauen. In Panik schlug das Mädchen um sich und versuchte immer wieder, sich am Eisrand festzukrallen, das Eis war aber zu dünn und brach jedesmal ab, wenn sich Friederike aus dem Wasser ziehen wollte.

Friedrich warf sich voller Angst flach auf den Bauch. Dann robbte er auf das Eisloch zu, bis er die Arme ausstrecken und Friederikes Hände greifen konnte. Das Mädchen schrie auf, Friedrich zog mit aller Kraft, doch Friederikes Kleider waren vom Wasser so schwer geworden, daß er fürchten mußte, nicht er werde sie heraus-, sondern sie ihn hineinziehen.

»Rike! Sei still! Schrei nicht so! Ich zieh jetzt ganz langsam, hab keine Angst, ich hol dich raus. Sei endlich still! Jammer nicht dauernd. Paß auf: wenn ich sage "jetzt", dann mußt du dir einen Schubs geben wie beim Schwimmen. Wenn du erst mit dem Oberkörper auf dem Eis liegst, haben wir schon halb gewonnen. Verdammt noch mal, sei endlich still! Konzentrier dich!«

Sie umfaßten sich an den Handgelenken, wie sie es in der Turnstunde gelernt hatten; vor Angst spürte Friederike das eisige Wasser nicht mehr, das ihren Körper steif werden ließ. Als Friedrich ihre Handgelenke fest im Griff hatte, rief er: »Jetzt!« Gleichzeitig zog er mit

wußte < wissen
sich wenden: sich drehen □ **erstickte Schreie** konnte er kaum hören
rannte los < losrennen
schrecklich: furchtbar, entsetzlich □ **Bilder** < Bild
als sei...geworden: als ob ein Bild wahr geworden sei
losgelöst < loslösen: abgetrennt
schauen: erscheinen □ **schlug** < schlagen
versuchte: probierte
festkrallen: festhalten (wie mit Krallen)
brach...ab < abbrechen: brechen

warf sich (< werfen): ließ sich fallen □ **flach auf den Bauch**: *à plat ventre* □ **robbte**: bewegte sich wie eine Robbe *(phoque)*
ausstrecken: so lang wie möglich machen
mit aller Kraft: so kräftig, so stark er konnte
schwer ≠ leicht
⌀ **nicht er...sondern sie**: beide betont!
heraus: nach außen □ **hinein**: nach innen
ich zieh...hab...hol...: ich ziehe, habe, hole
langsam ≠ schnell
jammer nicht!: weine nicht! □ **dauernd**: immer
einen Schubs geben: dem Körper einen Stoß nach vorn geben

verdammt noch mal!: Fluch; man sagt das, wenn etwas schief geht
das Handgelenk ist zwischen Hand und Unterarm
spürte: fühlte
eisig (cf. Eis): sehr kalt □ **steif**: starr ≠ schlaff
fest im Griff hatte: gut festhielt
gleichzeitig: zur gleichen Zeit

aller Kraft. Friederike schnellte aus dem Wasser hoch und auf die Eisfläche zu, denn sie war eine gute Schwimmerin, und Friedrich zog und zerrte und heulte fast vor Verzweiflung und Anstrengung und zog, bis Friederike endlich mit dem Oberkörper auf dem Eis lag. Dann stand Friedrich auf, stemmte seine Absätze ins Eis und zerrte Friederike langsam, ruckweise ganz aus dem Wasser. Sie war so erschöpft, daß sie nicht einmal den Versuch machte, aufzustehen oder sich wenigstens auf10 zuknien. Er mußte ihr mühsam auf die Beine helfen, und als sie endlich in seinen Armen hing, war sie so schwer, daß er sie kaum halten konnte. Immer wieder knickte sie in den Knien ein und weinte wie ein kleines Kind. »Verdammt«, sagte er, »reiß dich zusammen! Ich kann dich nicht mehr lange halten.«

Aus ihren Kleidern troff das Wasser; langsam, vom Gewicht der nassen Kleider nach vorne gebeugt und auf Friedrich gestützt, versuchte sie die ersten Schritte. Zögernd nur ließ er sie los. Dann führte er sie
20 vorsorglich an der Hand über das Eis. Ihn fror erbärmlich, aber seine Kleidung war wenigstens trocken.

»Komm«, sagte er, »wir laufen zu unserem Schrebergarten. Das ist nicht so weit. Du mußt schnell aus den nassen Klamotten und in die Wärme. Im Gartenhaus steht ein Heizstrahler.«

Niemand bemerkte sie, als sie die Straße überquerten und am Haupttor der Gartenwirtschaft vorbei in die Schrebergärten liefen; aus der Wirtschaft drang Musik.
30 Friedrich holte aus einer Vertiefung über dem Türbalken den Schlüssel, schloß auf und schob das schlotternde Mädchen vor sich her ins Gartenhaus. Sofort bildete sich

schnellte...hoch: sprang (< springen)

zerren: ziehen □ **heulte fast vor V. und A.**: weinte beinahe, weil er entmutigt war und viel Kraft aufbringen mußte

stemmte: drückte fest □ **Absatz(¨e)**: Teil eines Schuhes
ruckweise: mit mehreren Stoßen
erschöpft: sehr müde □ **nicht einmal**: *même pas*
den Versuch machte: versuchte □ **aufknien**: sich auf die Knie setzen □ **mußte ihr mühsam auf die Beine helfen**: es war schwierig, ihr zu helfen, wiederaufzustehen
knickte in den Knien ein: beugte die Knie; die Beine konnten sie nicht mehr tragen
reiß dich zusammen!: beherrsch dich! sei ein Mann!
halten: tragen
troff < triefen: fließen
vom Gewicht ...gebeugt: die nassen Kleider waren so schwer, daß sie sie nach vorn zogen □ **gestützt**: angelehnt
zögernd: unentschlossen, schwankend □ **ließ...los** ≠ hielt sie fest □ **vorsorglich**: vorsichtig, behutsam
erbärmlich: jämmerlich, ärmlich

Schrebergarten: kleiner Garten innerhalb einer Gartenkolonie, am Rand der Siedlung. In jedem Garten ist auch ein Häuschen
Klamotten (Ugs): Kleider
Heizstrahler: elektrischer Apparat zum Heizen (cf. heiz)
die Straße überquerten: über die Straße gingen
Haupttor: größte Tür, großer Eingang □ **Gartenwirtschaft**: Gasthaus, Speiselokal, das neben den Gärten steht □ **drang** < dringen: kam heraus □ **Vertiefung**: Loch □ **...balken**: *poutre*
schloß auf < aufschließen: aufmachen □ **schlotternd**: zitternd

auf dem gefliesten Fußboden eine Pfütze. Friederike blieb teilnahmslos mitten im Zimmer stehen und regte sich nicht, während Friedrich den elektrischen Heizstrahler gleich auf die höchste Stufe schaltete. Alles tat er hastig, alle Handgriffe wie gehetzt. Es dauerte nur wenige Sekunden, und schon durchflutete angenehme Wärme den Raum, der wie ein Wohnzimmer eingerichtet war mit Stühlen, gepolsterter Eckbank, einem Tisch und einer alten Couch. In der Ecke stand ein Elektroherd.

10 »Los! Steh nicht rum! Zieh dich aus!« sagte Friedrich und zog ihr die Kleider vom Leib, erst den Anorak, dann den Pullover. Wie abwesend half Friederike mit, wie im Schlaf setzte sie sich auf einen Stuhl und ließ sich die Stiefel, in denen Wasser gluckste, und dann die Socken von den Füßen ziehen. Als sie in Unterhemd und Jeans dasaß und Friedrich versuchte, ihr auch die Jeans auszuziehen, schrak sie wie erwachend auf.

»Dreh dich um!« sagte sie.

20 »Umdrehen? Warum?« fragte Friedrich verständnislos.

»Weil ich mich jetzt selber ausziehe«, sagte sie. »Dreh dich um!«

»Ach so. Nun stell dich nicht so an, was gibts an dir schon abzugucken.«

Trotz ihrer mißlichen Lage gelang es ihm nicht, ein Grinsen zu verbergen. Friederike stand auf, faßte ihn an beiden Schultern und drehte ihn zur Wand. Dann streifte sie Hose, Höschen und Unterhemd ab, hockte sich vor
30 den Heizstrahler und fror dennoch erbärmlich.

»Stehst du gut so?« fragte Friedrich. »Oder willst du gleich anwachsen?«

gefliest: mit Fliesen *(dalles)* belegt □ **Pfütze**: ein bißchen Wasser □ **teilnahmslos**: ohne Interesse □ **regte sich**: bewegte sich
auf die höchste Stufe: auf Nummer 10
hastig: schnell □ **alle Handgriffe wie gehetzt**: alle Handbewegungen machte er sehr schnell, als ob er verfolgt würde

gepolstert: mit Kissen □ **Eckbank**: Bank in einer Ecke
Couch: Sofa, Kanapee □ **ein Elektroherd** dient zum Kochen
steh nicht rum! < rumstehen: dastehen, ohne etwas zu tun
Leib: Körper
abwesend: nicht da

Stiefel: hoher Schuh □ **glucksen**: machte "glucks" (einen Lärm)

schrak...auf < aufschrecken: wachte plötzlich erschrocken auf

verständnislos: ohne zu verstehen

stell dich nicht so an!: mach kein Theater!
abgucken: abschauen
trotz (pr. + G: *malgré*) **ihrer mißlichen Lage**: ...unangenehmen Situation □ **Grinsen**: amüsiertes Lächeln □ **verbergen**: verstecken □ **Schulter**: *épaule* □ **streifte... ab**: zog...aus
Höschen: Slip □ **hockte sich**: setzte sich auf die Fersen *(talons)*
dennoch: doch, trotzdem

anwachsen: eine Wurzel *(racine)* schlagen

»Halt die Klappe, du willst doch nur die Situation ausnützen.«

»Verdammt noch mal, du heilige Jungfrau, geh zum Hängeschrank, im Fach liegt eine Decke. Wickel dich in die Decke ein und leg dich auf die Couch, damit ich mich endlich umdrehen kann.«

Er hörte, wie sie den Hängeschrank öffnete, hörte, wie sie die Decke herausholte, hörte, wie sie sich die Decke um den Leib wickelte und dann auf die Couch fallen
10 ließ.

»Du kannst dich jetzt umdrehen.«

Friederike hatte die Decke fest um sich geschlungen und hielt sie mit beiden Händen fest, als fürchtete sie, Friedrich könne ihr die Decke fortreißen. Dabei schlugen ihr vor Kälte die Zähne aufeinander, sie fror trotz der Bruthitze, die der Ofen nun ausstrahlte. Wortlos begann Friedrich, die Decke an ihrem Körper zu reiben. Er rieb Friederike den Rücken, den Nacken, er rieb ihr Brust und Beine. Sie ließ alles widerspruchslos über sich
20 ergehen, aber sie hielt die Decke mit beiden Händen unter dem Kinn fest. Allmählich begriff sie auch, daß sie in großer Gefahr gewesen war.

Leise sagte sie: »Danke fürs Herausziehen.«

»Halte jetzt bloß keinen Dankgottesdienst ab. Jetzt müssen wir erst mal sehen, wie wir dein Zeug trockenkriegen. Das braucht Zeit — auweia. Zu Hause können wir uns auf etwas gefaßt machen, ich darf gar nicht dran denken. Bleib du nur liegen, ich hänge dein Zeug zum Trocknen auf und stell den Strahler davor.«

30 Vor der Tür wrang er Friederikes Kleider aus; dann zog er eine Schnur zwischen zwei Stühle und hängte die Kleider auf.

halt die Klappe (Ugs): mach den Mund zu!; schweig!
ausnützen (etwas): profitieren (von)
heilige Jungfrau: heilige Maria
der Hängeschrank: ist an der Wand aufgehängt □ **wickel dich ein!** < sich einwickeln: roll dich ein!

☐ **hörte, wie**

geschlungen < schlingen: eingewickelt

fortreißen: heftig wegnehmen □ **schlugen...aufeinander**: es war ihr so kalt, daß ihre Zähne gegeneinander schlugen
Bruthitze: große Hitze (cf. brüten: *couver*) □ **ausstrahlte**: verbreitete sich □ **reiben**: frottieren (cf. Frottiertuch)
Nacken: hintere Halsseite
widerspruchslos: ohne was dagegenzusagen oder zu tun □ **ließ alles über sich ergehen**: wehrte sich nicht, machte nichts dagegen □ **Kinn**: unterer Teil des Gesichts □ **begriff** < begreifen: verstehen
leise ≠ laut □ **fürs**: für das
halte...keinen D. ab!: *je t'en prie, pas d'actions de grâce!*
Zeug: Sachen; hier: Kleidung
auweia: O Weh!
auf etwas gefaßt werden: etwas Schlimmes erwarten
zum Trocknen: damit es trocken (≠ naß) wird
davor: vor das Zeug
wrang...aus < auswringen: durch Zusammendrehen Wasser herauspressen □ **zog** < ziehen: strecken □ **Schnur**: Seil

Auf einmal lachte er.

»Warum lachst du denn?« fragte Friederike.

»Hinten auf deinem Höschen ist ein grüner Schmetterling aufgestickt. Warum denn nur einer? Warum nicht auf jeder Arschbacke einer und vorn ein schönes grünes Krokodil?«

Hätte Friedrich sie sehen können, hätte er wieder lachen können, denn Friederikes Gesicht färbte sich tiefrot, es glühte geradezu. Sie drehte sich zur Wand, und er hörte sie sagen: »Du bist ein Schuft.«

»Wieso ein Schuft? Ich finde Schmetterlinge schön. Oder soll ich mir vielleicht die Augen zubinden, wenn ich deine nassen Klamotten aufhänge? Ich habe dir den Schmetterling nicht aufgenäht. Es ist übrigens ein schöner Schmetterling.«

Als er den Heizstrahler vor die nasse Wäsche gestellt hatte, wischte er mit einem Scheuerlappen die Pfützen vom Fußboden, wrang den Lappen über einem Eimer aus und schüttete das Wasser vor die Tür. Dann setzte er sich auf den Rand der Couch und wußte nicht, was weiter tun. Beunruhigt hörte er, wie Friederikes Zähne aufeinanderschlugen. Sie hätte ein heißes Bad nehmen müssen, aber eine Badewanne gab es in der Gartenhütte natürlich nicht, nur den Elektroherd. Friedrich öffnete die Backröhre und schaltete die höchste Stufe ein, obwohl ihm schon so warm geworden war, daß er sich am liebsten ausgezogen hätte.

Dabei fiel ihm ein Western ein, den er nachts im Fernsehen gesehen hatte, als seine Eltern nicht zu Hause waren. Eine Frau hatte sich ausgezogen und zu einem Mann ins Bett gelegt, der im Fieber fror und phantasierte, hatte mit ihrem nackten Körper den Kranken

Das Bad 39

Schmetterling: Insekt mit bunten Flügeln
aufgestickt: cf. sticken *(broder)*
Arschbacke (vulg.): einer der zwei Teile des Hinterns

☐ **hätte F. sie sehen können**: wenn F. sie hätte sehen können

tiefrot: dunkelrot ☐ **glühte**: war heiß, brannte ☐ **geradezu**: sogar ☐ **Schuft**: Lump, Bösewicht

zubinden: die Augen hinter einem Tuch verstecken

aufgenäht: cf. nähen *(coudre)* ☐ **übrigens**: nebenbei gesagt

wischte: nahm das Wasser mit dem **Scheuerlappen** *(serpillière)* auf
schüttete: warf (< werfen)
auf den Rand ≠ in die Mitte
was weiter tun: was er noch machen konnte ☐ **beunruhigt**: bekümmert, mit Sorgen ☐ **hätte...nehmen müssen**
Gartenhütte: Häuschen in einem Garten

Backröhre: Backofen

am liebsten < gern
fiel ihm ein Western ein < einfallen: er dachte plötzlich an einen Western
zu einem Mann: neben einen Mann
Fieber: bei Grippe bekommt man hohes Fieber ☐ **phantasierte**: im Fieber Unsinn redete ☐ **nackt**: ohne Kleider

gewärmt.

Friedrich zögerte. Sollte er einfach nachahmen, was vielleicht nicht einmal falsch war?

Als er sich, allerdings angekleidet, neben Friederike legte, rührte die sich nicht. Er zog sie an sich und umarmte sie kräftig; sie rührte sich nicht. Zärtlich streichelte er ihr Haar; sie lag stocksteif da. Weil sie aber ein Zittern nicht verbergen konnte, fragte er: »Frierst du noch immer?«

»Nein. Es ist nur die Hitze im Zimmer. Die schüttelt mich, du Armleuchter.«

Da faßte Friedrich Mut. Er schlüpfte unter die Decke und schloß dabei die Augen, um Friederikes Blicken nicht zu begegnen. Zu seiner Verwunderung ließ sie ihn gewähren. Sie lag noch da wie ein Stück Holz, aber als er sie fester umfaßte, schlang sie die Arme um seinen Hals, drückte ihr Gesicht an ihn und flüsterte: »Fritz, lieber Fritz.«

So umschlungen lagen sie lange Zeit. Friederikes Zittern ließ allmählich nach; wie Friedrich hatte sie die Augen geschlossen, denn auch sie fürchtete, seinen Blicken zu begegnen. Sie schämte sich, weil sie nackt war, und spürte doch, wie seine Wärme die Kälte aus ihrem Körper trieb. Das machte sie wieder munter und angriffslustig.

»Hau jetzt ab. Du stinkst«, sagte sie und stemmte Knie und Arme gegen seinen Körper.

»Du hast wohl nicht alle Tassen im Schrank. Und nach was stinke ich, bitteschön?«

»Nach schmutzigen Gedanken. Männer wollen doch immer nur das eine.«

Friedrich ließ sich von der Couch schieben, stand auf

zögerte: wartete ab; konnte sich nicht entschließen □ **nachahmen:** imitieren, das selbe machen □ **falsch** ≠ richtig
allerdings: *toutefois* □ **angekleidet:** mit seinen Kleidern
rührte sich: bewegte sich
umarmte: legte die Arme um sie □ **zärtlich:** liebevoll
streichelte: cf. eine Katze streicheln □ **stocksteif:** steif (≠ entspannt) wie ein Stock □ **verbergen:** verstecken

schüttelt: zittern läßt
Armleuchter: Schimpfwort; für » Arschloch « (vulg.)
schlüpfte: legte sich langsam
schloß < schließen: zumachen □ **dabei:** gleichzeitig
begegnen: treffen □ **Verwunderung:** Erstaunen
ließ ihn gewähren: ließ ihn tun
schlang (< schlingen) **die A. um seinen H.:** umarmte seinen Hals □ **flüsterte:** sprach leise

umschlungen < umschlingen
ließ...nach < nachlassen: hörte auf

schämte sich: *avait honte*
Wärme < warm □ **Kälte** < kalt
trieb < treiben: entfernen, fortjagen □ **machte sie munter:** weckte sie □ **angriffslustig:** hatte Lust, sich mit ihm zu streiten
hau...ab: geh weg! □ **stemmte:** drückte fest

du hast nicht alle Tassen im S.: du bist verrückt, nicht ganz richtig im Kopf ⌧ **nach was...:** cf. <u>nach</u> etwas stinken
schmutzig: ≠ rein, sauber
wollen immer das eine: haben immer den selben Gedanken; gemeint wird "küssen" u.s.w.

und wendete die zum Trocknen aufgehängte Wäsche. Sie dampfte, aus der Ofenröhre strömte die Hitze, das Fenster war dick beschlagen.

»Wenn uns nun jemand entdeckt«, sagte Friederike. »Ich hab ja nichts an. Die Leute denken gleich immer wer weiß was.«

»Ich hab nichts bemerkt«, sagte Friedrich. »Und was könnten sich die Leute bei uns schon denken. Erst mußte ich mich zur Wand drehen, und als ich auf der Couch lag, um dir das Leben zu retten, hast du mir fast die Luft abgedrückt.«

Friederike wollte aufspringen; noch rechtzeitig genug fiel ihr ein, daß sie dann nackt vor Friedrich gestanden hätte. Also verkroch sie sich nur tiefer in die Decke.

»Du bist und bleibst ein Flegel, meine Mutter hat schon recht. Du willst bloß meine Hilflosigkeit ausnutzen.«

»Hör doch auf, sonst tue ich es wirklich«, sagte Friedrich.

»Ich laufe jetzt nach Hause und bring dir von meinen Klamotten ein Paar Jeans, Unterhemd, Pullover und Socken und ein Paar Schuhe. Das wird dir alles zu weit sein, aber immer noch besser, als nackt durch die Siedlung zu laufen. Dein Zeug wird hier vor morgen früh doch nicht trocken.«

Ehe Friederike etwas erwidern oder ihn zurückhalten konnte, hörte sie schon die Tür schlagen und gleich darauf Friedrichs Schritte über die Betonplatten hasten. Friederike wagte sich kaum zu rühren. Angstvoll hörte sie, während sie allein in der Hütte war, auf das leiseste Geräusch; als er nach einer knappen halben Stunde außer Atem zurückkehrte, wäre sie am liebsten aufge-

Das Bad

wendete: drehte um
dampfte: Dampf *(vapeur)* kam heraus
beschlagen: mit Dampf bedeckt
entdeckt: erblickt
ich habe nichts an: ich habe keine Kleider an

erst: zuerst

um dir das Leben zu retten: damit du nicht stirbst
hast du mir die Luft abgedrückt: mich erstickt; ich konnte nicht mehr atmen □ **aufspringen**: vom Bett springen
fiel ihr ein < **einfallen**: sie dachte plötzlich
verkroch sich < **sich verkriechen**: sich verstecken (wie ein Tier in seinen Bau kriecht) □ **Flegel**: Lümmel, unerzogenes Kind
meine Hilflosigkeit ausnutzen: einen Vorteil aus meiner Schwäche ziehen

laufe: renne

⊠ **ein P̱aar Schuhe**: zwei Schuhe; ein p̱aar: einige □ **wird dir zu weit sein**: wird zu groß für dich sein □ **besser** < **gut**
vor ≠ **nach**
morgen früh ≠ **morgen abend**
ehe: bevor □ **erwidern**: antworten
gleich darauf: sofort nach diesem Lärm
Schritt(e): F. geht, sie hört seine Schritte □ **hasten**: eilen
wagte sich kaum: hatte kaum den Mut
leiseste < **leise** ≠ **laut**
nach einer knappen h. S.: nach kaum einer h. S.
außer Atem: er konnte nur schwer atmen □ **am liebsten** < **gern**

sprungen und hätte ihn umarmt. Die versprochenen Kleider trug Friedrich in einer Plastiktüte bei sich.

»Zieh dich an«, sagte er. »Die feuchten Sachen hängst du zu Hause im Waschkeller auf, da werden sie wohl bis morgen früh trocknen. Wäre ein Wunder, wenn deine Mutter heute nacht noch in den Waschraum ginge. Und wenn sie nachher meine Sachen an dir sieht, erzähl ihr ein Märchen. Also los, mach schon. Ich dreh mich auch um.«

Während er angestrengt zum Fenster sah und hörte, wie sie sich aus der Decke schälte und aufstand, sagte er: »Übrigens hab ich doch was vergessen. Ich habe dir keine Höschen mitgebracht.«

»Hör sofort auf, sonst werfe ich dir einen Stiefel an den Kopf!«

»Weißt du, warum nicht? Ich besitze einfach keine Höschen mit Schmetterlingen drauf. Darf ich mich wieder umdrehen?«

»Meinetwegen.«

Er drehte sich um und staunte. Friederike paßten seine Sachen wie angegossen.

»Süß siehst du aus«, sagte er. »Nächstens tauschen wir die Kleider, und alle Leute würden uns verwechseln, wenn nicht die Schmetterlinge wären.«

»Angeber«, sagte Friederike.

Sie raffte ihre feuchten Sachen zusammen, stopfte sie in die Plastiktüte und lief aus dem Gartenhaus, ohne noch ein Wort zu verlieren. Friedrich war über diese plötzliche Hast so verblüfft, daß er nicht einmal versuchte, Friederike zurückzuhalten. Er schaltete den Elektroherd und den Heizofen aus, legte die Decke zusammen und verstaute sie im Hängeschrank; dann

Plastiktüte: Tasche aus Plastik
feucht: naß
Waschkeller: Keller, wo die Waschmaschine steht, wo Wäsche aufgehängt wird □ **wäre ein Wunder**: es wäre sehr erstaunlich
ginge < gehen (Konj.II)
nachher: dann □ **erzähl ihr ein Märchen**: sag ihr etwas Falsches; lüge □ **mach schon!**: fang an!

angestrengt: mit viel Mühe
schälte sich (Ugs): kam raus; normal: Obst, Kartoffeln schälen
mitgebracht < mitbringen
hör...auf!: sprich nicht mehr! □ **sonst**: oder

besitze: habe

meinetwegen: ich bin einverstanden; ich habe nichts dagegen
staunte: war erstaunt
F. paßten seine S. wie angegossen: sie paßten ihr genau
nächstens: ein nächstes Mal □ **tauschen**: das Mädchen zieht die Kleider des Jungen an und umgekehrt

Angeber: Wichtigmacher, du bist eitel
raffte...zusammen: nahm schnell □ **stopfte**: tat sie schnell und unordentlich in die Tüte

Hast: Eile □ **verblüfft**: sehr überrascht
schaltete...aus ≠ schaltete an
legte...zusammen: faltete
verstaute: legte ...zurück

verschloß er das Gartenhaus sorgfältig und legte den Schlüssel in sein Versteck über dem Türbalken zurück.

Zu Hause trug seine Mutter gerade das Abendessen auf. Frau Lodemann sah ihren Sohn mißbilligend an.

»Ich stehe bis halb sieben im Konsum an der Kasse, komme nach Hause, richte das Essen«, sagte sie, »da könntest wenigstens du pünktlich sein. Warte nur, bis du mal arbeitest. Die werden dir deine Unpünktlichkeit schon austreiben — wenn es nicht längst zu spät ist. Dein Vater läßt auch immer auf sich warten.«

Herr Lodemann, der schon am Tisch saß, sagte: »Weil du noch auf den Beinen bist, lauf mal eben rüber zu Meisters und bring ihm den Werkzeugkasten, er steht noch in der Garage. Der Meister will seinen Auspuff auswechseln.«

»Erst kommt der Herr des Hauses zu spät, dann sein Sohn, und jetzt soll er gleich wieder weglaufen«, sagte Frau Lodemann. »Du bleibst. Erst wird gegessen.«

»Reg dich wieder ab«, sagte Herr Lodemann. »Ich war bei Leo, damit er mit mir die Schicht tauscht am Montag, wenn wir zur Oma nach Bochum fahren.«

»Und? Tauscht er?«

»Ja, aber ungern. Der ist auch schon angesteckt von der Hysterie der Hütte. Da wird jetzt nicht mehr über Fußball palavert, nur noch spekuliert, wer die nächsten sind, die entlassen werden.«

»Du sitzt sicher, das ist die Hauptsache.«

»An deiner Stelle wäre ich mir nicht so sicher«, antwortete Herr Lodemann und lud sich den Teller voll.

Nach dem Abendessen lieferte Friedrich den Werkzeugkasten bei Meisters ab. Als Frau Meister fragte, warum Friederike in seinen Kleidern gekommen sei,

verschloß < verschliessen: zuschliessen □ **sorgfältig**: gewissenhaft, genau □ **Versteck**: cf. verstecken
trug das A. auf < auftragen: brachte das Essen auf den Tisch
mißbilligend: sie war damit nicht einverstanden
Konsum: kleiner Supermarkt
richte: bereite...vor
pünktlich sein: nicht zu spät kommen
Unpünktlichkeit ≠ Pünktlichkeit (cf. pünktlich)
austreiben: abgewöhnen □ **längst**: schon lange

☑ **saß** < sitzen: <u>am</u> Tisch <u>sitzen</u> aber sich an <u>den</u> Tisch <u>setzen</u>
auf den Beinen bist: stehst
Meisters: Familie Meister □ **Werkzeugkasten**: *boîte à outils*
Auspuff: *pot d'échappement*
auswechseln: einen neuen A. anbringen

erst wird gegessen: zuerst essen wir
reg dich...ab (Ugs): werde wieder ruhig
... mit mir die Schicht tauscht: Z.B. Leo arbeitet von 6 Uhr bis 14 Uhr (= eine Schicht) anstatt von 14 bis 22

ungern ≠ gern, ohne große Lust □ **angesteckt**: wie von einer Krankheit, die auch ansteckend sein kann □ **Hütte**: Firma, Fabrik □ **palavert**: diskutiert
entlassen werden: aus der Firma geschickt werden, arbeitslos werden □ **sitzt sicher**: hast eine feste Stelle □ **die Hauptsache**: das wichtigste
lud sich...voll < volladen: füllte sich...voll
lieferte...ab < abliefern: bringen

☑ **gekommen sei**: Konj. I, Ind. Rede

erwiderte er nur »Keine Zeit« und lief zum See. Das Loch in der Eisfläche war dünn überfroren; an drei Angeln hing je eine große Forelle. Friedrich löste die Fische von den Haken und warf sie aufs Eis, rollte die Angelschnüre auf und schob die Ruten zusammen. Dann rannte er über den See auf die Siedlung zu. Erst am Ufer merkte er, daß er die Fische vergessen hatte. Er kehrte um, stopfte die Forellen in die Taschen seines Anoraks und klemmte die Angeln unter die Arme; so erreichte er die häusliche Garage. Die Angeln legte er auf ihren Platz in den Regalen zurück, die Fische verstaute er in einer Plastiktüte, die er auf dem Rücksitz des Autos fand, und versteckte sie im Werkzeugschrank seines Vaters. Da lagen sie über Nacht sicher.

Friedrichs Eltern fragten nicht, wo er so lange geblieben war. Sie wußten, wenn er drüben bei Meisters, bei Friederike war, dauerte es seine Zeit, bis er zurückkam.

Am anderen Tag in der Schule, ehe der Unterricht begann, erzählte er Friederike schnell, daß er noch einmal auf dem See gewesen war und drei wunderschöne Forellen herausgeholt hatte. Sie wiederum erzählte ihm, sie habe ihren Eltern vorgeschwindelt, daß sie mit einer Freundin um eine Kinokarte gewettet habe, ob ihr Friedrichs Kleider passen würden oder nicht, deshalb der Kleiderwechsel.

»Und was willst du jetzt mit den Fischen machen?« fragte sie.

»Weiß ich nicht genau. Aber ich habe vor, heute abend meiner Mutter zu sagen, sie braucht nicht groß zu kochen, ich habe Forellen mitgebracht. Das Gesicht meines Vaters möcht ich sehen, wenn er am Tisch sitzt.

lief < laufen
dünn überfroren < überfrieren: das Eis war nicht dick
je: nur □ **löste**: machte...los

Angelschnüre < Angelschnur □ **Rute**: Angelrute □ **schob... zusammen** < zusammenschieben: die Ruten waren nämlich teleskopisch

klemmte: hielt fest (< festhalten)
häusliche Garage: Garage des Hauses
Regal: in einem Bücherschrank stehen die Bücher auf Regalen
Rücksitz: hinterer Sitz

über Nacht: die ganze Nacht

drüben: auf der anderen Seite (der Straße)
seine Zeit: eine gewisse Zeit

Unterricht: wie Matheunterricht, Deutschunterricht...
begann < beginnen
wunderschön: sehr schön, wunderbar
wiederum: *quant à elle*
habe: Konj. I □ **vorgeschwindelt** < vorschwindeln (jdm. etw.): eine Lüge erzählen □ **um eine Kinokarte wetten**: wenn sie gewinnt, bekommt sie eine K. □ **deshalb**: darum
Kleiderwechsel: Wechsel (< wechseln = tauschen) + Kleider

habe vor: habe die Absicht
groß kochen: gut und viel kochen, eine gute Mahlzeit vorbereiten
□ **möcht**: möchte

Ich freu mich schon drauf.«

Abends, als seine Mutter das Essen zu richten begann, half ihr Friedrich, Kartoffeln zu schälen und Gemüse zu putzen. Als er gerade von den Forellen reden wollte, kam sein Vater nach Hause. Schon im Flur rief er: »Hast du das Essen fertig?«

»Ich kann doch nicht hexen«, sagte Frau Lodemann. »Bin gerade dabei.«

»Ich habe was mitgebracht«, rief Herr Lodemann und betrat fröhlich die Küche. In einer Hand schwang er eine Plastiktüte: es war dieselbe Tüte, die Friedrich im Werkzeugschrank versteckt hatte.

Während sein Vater die Forellen auf den Tisch legte und triumphierend Frau und Sohn ansah, dachte Friedrich: Irgendwann bringe ich meinen Vater um.

»Wie kommst du an die schönen Forellen?« fragte Frau Lodemann und begann ohne Umstände, die Fische auszunehmen.

»Ach«, sagte Herr Lodemann, »es war ganz einfach. Ich bin mit Ludwig, unserem Nachbarn, schnell noch zum Kanal gefahren, der ist teilweise eisfrei — und da haben wir eben geangelt. Ich weiß, es ist verrückt, in der Kälte. Wir wollten es einfach mal versuchen, und wie du siehst, es hat sich gelohnt. Wieder eine Mahlzeit, die nichts kostet.«

»Vielleicht bist du doch der Größte«, sagte Frau Lodemann.

Später wunderte sie sich, daß ihr Sohn unlustig im Essen stocherte und nur wenig aß, obwohl Fisch eines seiner Lieblingsgerichte war. Herr Lodemann grinste dauernd vor sich hin. Einmal sagte er genüßlich: »Siehst du, mein Sohn. Glück allein tuts auch nicht, man muß

☐ freu: freue
abends: am Abend
schälen: die Schale entfernen
putzen: vorbereiten und waschen
Flur: Korridor ☐ **rief** < rufen
hast du das Essen fertig?: bist du mit dem Essen fertig?
hexen: schnell arbeiten (wie eine Hexe oder eine Fee)
bin gerade dabei: bereite im Moment das Essen vor

betrat (< betreten) **die Küche:** kam in die Küche ☐ **schwang** < schwingen: hin und her bewegen (z.B. eine Fahne schwingen)

ansah < ansehen ☐ **dachte** < denken
irgendwann: eines Tages, aber wann? ☐ **bringe...um:** töte, ermorde ☐ **wie kommst du an die F.?:** woher hast du die F. bekommen? ☐ **ohne Umstände:** sofort, ohne weiter zu fragen
ausnehmen: sauber machen

der Nachbar: wohnt neben ihnen
teilweise: nicht ganz ☐ **eisfrei:** ohne Eis
verrückt: dumm, blöde
einfach: nur
es hat sich gelohnt < lohnen: es war die Mühe wert
die nichts kostet: die gratis ist

wunderte sie sich: war erstaunt ☐ **unlustig:** freudlos
im Essen stocherte: langsam und lustlos aß
Lieblingsgericht: Gericht (Speise), das er am liebsten (< gern) aß ☐ **genüßlich:** mit Genuß; er freute sich dabei

schon Können mitbringen. Nimm dir an mir ein Beispiel.«

Nach dem Essen legte sich Friedrich in seinem Zimmer aufs Bett, blätterte in Comics und dachte fortwährend: Irgendwann bring ich meinen Vater um. Als sein Vater später kurz anklopfte und eintrat, sprang er auf.

»Sag mal«, sagte Herr Lodemann ohne jede Vorrede, »was wolltest du eigentlich mit deinen Fischen anfangen?«

Kleinlaut antwortete Friedrich: »Ich weiß es auch nicht.«

»So, weißt du nicht. Ich will dir mal was sagen: Wenn man was unternimmt, muß man auch wissen, wozu. Und noch was: Deine Eltern sind nicht so blöd, wie du immer denkst. Und wenn du dich noch einmal ungefragt an meinen Angeln vergreifst, dann hau ich dir ein paar hinter die Löffel. Naja. Aber geschmeckt haben deine Forellen wirklich gut.«

Als er gehen wollte, fragte er noch: »Wo hast du eigentlich geangelt?«

»Im — im See.«

»Im See? Sag mal, bist du von allen guten Geistern verlassen? Du weißt, daß es da jetzt verboten ist. Mein Gott, wenn dich einer gesehen hätte. Ich darf gar nicht dran denken. Du weißt doch...«

»Ja schon.«

»Halt die Klappe. Noch einmal, mein Herr Sohn, dann knallts. Mehr brauch ich dir wohl nicht zu sagen.«

Herr Lodemann warf die Tür hinter sich zu, so laut, daß Friedrich zusammenzuckte.

man muß Können mitbringen: man muß die Fähigkeit haben
Beispiel: cf. zum Beispiel (z.B.)

blätterte (cf. Blatt): schlug die Seiten um, ohne richtig zu lesen
fortwährend: immer, dauernd
kurz anklopfte: mit kleinen Schlägen an die Tür klopfte
sprang...auf < aufspringen: stand schnell auf
ohne jede Vorrede: er sprach direkt von den Fischen
anfangen: tun, machen

kleinlaut: verlegen; er prahlte nicht mehr; gab nicht mehr an

unternimmt < unternehmen: beginnt, etwas zu tun
wozu: zu welchem Zweck □ **blöd**: dumm

ungefragt: ohne darum zu bitten □ **vergreifen (an etw. + D.)**: nehmen, stehlen □ **hau...Löffel**: gebe ich dir Ohrfeigen *(gifles)*; die Löffel sind hier die Ohren

eigentlich: *en fait*

von allen guten Geistern verlassen: verrückt, wohl nicht ganz gescheit
einer: jemand □ **ich darf...denken**: es ist besser, wenn...

halt die Klappe!: halt den Mund! sprich nicht mehr!
dann knallts:...knallt es; du bekommst eine Ohrfeige (Geräusch der Ohrfeige)
warf...zu: machte die Tür heftig zu
zusammenzuckte: machte eine Bewegung vor Schreck

Grammaire au fil des nouvelles

Les références placées après chaque rubrique grammaticale renvoient à la Grammaire active de l'allemand *; les chiffres placés après chaque phrase renvoient aux pages et aux lignes du texte.*

Conjonctions als, wenn, bis, während, ehe (pp. 286, 290).

Traduire les phrases suivantes :

Quand le lac était gelé, on pouvait y faire du patin à glace (22-29). *Lorsque* l'obscurité fut tombée, ils firent un trou dans la glace (24-10). Ils durent attendre *qu'un* poisson morde (26-14). Et *si* nous avons de la chance ? (26-29). *Pendant* qu'il courait, il avait peur (30-6). Personne ne les vit *quand* ils traversèrent la rue (32-27). *Quand* il se coucha auprès d'elle, elle ne bougea pas (40-4). *Avant* qu'elle ait pu répondre, elle entendit la porte claquer (42-26). *Pendant* qu'il regardait vers la fenêtre, elle se leva (44-10).

Subjonctif. Discours indirect (pp. 62, 72).

Mettre les phrases suivantes au discours indirect :

Er behauptete : » *Ich habe einen großen Fisch gefangen. Er war sehr schwer* « (22-13,14). Friedrich fragte : » *Wo ist der Hecht abgeblieben ?* « (22-16). Der Vater antwortete : » *Ich zog den Haken aus dem Mund und der Hecht schnellte davon* « (22-19). Sie erzählten ihren Eltern : » *Nach dem Eislaufen werden wir in die Turnschule gehen* « (24-24).

Adjectifs possessifs (p. 92).

Traduire les phrases suivantes :

Le père parlait toujours de *ses* succès (22-6). Le vent froid mordait *leur* visage (24-16). Il avait pris les cannes à pêche dans le garage de *son* père (24-32). Friederike ne sentait plus *son* corps (30-30). Elle était trempée, l'eau gouttait de *ses* vêtements (32-16).

Gudrun Pausewang

Krieg* spielen

Gudrun Pausewang wurde 1928 in Ostböhmen geboren. Sie war längere Zeit Lehrerin in Südamerika und unterrichtete dann an einer Grundschule in Hessen, wo sie immer noch lebt. Sie veröffentlichte zahlreiche Kinder- und Jugendbücher, die mit vielen Preisen ausgezeichnet wurden. Unter diesen sind besonders empfehlenswert: »Die letzten Kinder von Schwenwenborn«, »Die Wolke« (beide über die Gefahr der Atomkraftwerke), »Etwas läßt sich noch bewirken« (über die Friedensbewegung) und auch viele Romane über Südamerika.

Seit Jahren setzt sie sich in ihren Büchern für Frieden und Umwelt ein.

In der Erzählung »Krieg spielen«, die dem Buch »Frieden kommt nicht von allein« entnommen ist, zeigt Onkel Bernhard dem kleinen Florian, wie gräßlich Kämpfe sein können. Krieg spielen ist klasse meint zuerst Florian, der sich dauernd Kriegsfilme anschaut. Aber nachdem der Onkel ihm begreiflich gemacht hat, wie die Menschen im Krieg zu Tieren werden, sagt Florian, er wolle nie wieder Krieg spielen. »Keinen Krieg. Gar nichts mehr mit Krieg«.

---

*Krieg: cf. der erste Weltkrieg, 1914-1918, der zweite Weltkrieg, 1939-1945.

Onkel Bernhard war wieder mal auf Besuch da. Florian mochte ihn gern. Onkel Bernhard war fünfzehn Jahre älter als Florians Vater und hatte schon graues Haar. Mit ihm war es nie langweilig, obwohl er nur einen Arm hatte. Den anderen hatte er im letzten Krieg verloren.

Am Sonntagvormittag gingen sie zusammen angeln. Aber ein Gewitter mit einem gewaltigen Regen trieb sie heim. Am Nachmittag, als die ganze Familie vor dem Fernseher saß, zwinkerten Onkel Bernhard und Florian einander zu und stahlen sich unbemerkt davon.

»Wunderbare Luft hier draußen«, sagte Onkel Bernhard, als sie gleich hinter der Pferdekoppel in den Wald einbogen. »Und was wollen wir jetzt tun?«

»Krieg spielen«, antwortete Florian wie aus der Pistole geschossen.

Onkel Bernhard antwortete nicht. Aber als Florian erwartungsvoll zu ihm aufblickte, fragte er nachdenklich: »Krieg spielen? Ist denn das so schön?«

»Klasse«, sagte Florian. »Und ganz bestimmt nicht langweilig.«

»Nein, ganz bestimmt nicht«, meinte Onkel Bernhard. »Krieg ist wirklich nicht langweilig.«

»Man kann andere erschießen und mit dem Panzer über alles drüberwegfahren und Handgranaten werfen und den Feind überlisten und gefangennehmen und mit dem Fallschirm abspringen und so richtig echt raufen«, rief Florian begeistert.

Er wunderte sich, daß Onkel Bernhard wieder nicht antwortete.

»Im Krieg kann man seinen Mut beweisen«, erklärte Florian weiter. »Man kann ein Held werden. Und man

Krieg spielen 57

war auf Besuch: besuchte die Familie
mochte (< mögen) **ihn gern**: hatte ihn gern
▢ **älter als** < alt: nicht so jung wie
Haar: cf. blondes Haar ▢ **langweilig**: monoton ▢ **obwohl**: *bien que* ▢ **im letzten Krieg**: im 2. Weltkrieg
verloren < verlieren: er hatte den Arm nicht mehr
angeln: mit einer Angel Fische fangen
Gewitter: es blitzt und es donnert ▢ **gewaltig**: stark; es regnete viel ▢ **trieb sie heim** (< treiben): jagte sie nach Hause
zwinkerten...einander: gaben sich Zeichen mit den Augen
stahlen sich (< sich stehlen): gingen weg, ohne gesehen zu werden
wunderbar: herrlich
Pferdekoppel: *Paddock* ▢ **in den Wald einbogen** < einbiegen: Richtung Wald gingen
wie aus der Pistole geschossen: sehr schnell, ohne zu überlegen

erwartungsvoll: gespannt ▢ **...zu ihm aufblickte**: ihn von unten ansah ▢ **nachdenklich**: in Gedanken versunken
ganz bestimmt: sicher

meinte: sagte

erschießen: mit einer Pistole (z.B.) töten ▢ **Panzer**: Kampfwagen mit Kettenrädern ▢ **Handgranate(n)**: *grenade*
Feind ≠ Freund ▢ **überlisten**: betrügen ▢ **gefangennehmen**: cf. der Kriegsgefangene ▢ **Fallschirm**: *parachute* ▢ **raufen**: mit anderen kämpfen ▢ **begeistert**: entflammt ≠ desinteressiert
wunderte sich: staunte

seinen Mut beweisen: zeigen, daß man mutig ist
Held: Heros

darf so vieles tun, was man in gewöhnlichen Zeiten nicht darf. Vor allem kann man siegen. Siegen macht Spaß — oder etwa nicht?«

»Zum Krieg gehören mindestens zwei«, sagte Onkel Bernhard. »Einer, der siegt, und einer, der verliert.«

»Man darf eben nicht so blöd sein zu verlieren«, sagte Florian eifrig.

»Du scheinst den Krieg sehr gut zu kennen«, meinte der Onkel.

»Klar«, sagte Florian. »Ich schau mir immer die Kriegsfilme an.«

»Aha«, sagte der Onkel.

»Wenn da der Krieg losgeht, freuen sich meistens alle drauf und können es gar nicht erwarten«, sagte Florian.

»Das stimmt«, sagte Onkel Bernhard trübe. »Ich hab mich auch darauf gefreut — weil ich den Krieg nicht kannte. Ich habe mir ihn so vorgestellt wie in den Filmen: Die Guten siegen, die Bösen verlieren, die Unschuldigen werden gerettet und die Schuldigen bestraft. Nicht wahr?«

»Meistens«, antwortete Florian unsicher.

»Also gut«, sagte Onkel Bernhard, »spielen wir Krieg. Aber ich kenne den Krieg. Deshalb spiele ich nur ganz echten Krieg, nicht solche Western-Kämpfchen.«

»O ja«, rief Florian begeistert, »spielen wir ganz echten Krieg!«

»Ich fürchte, du hast keine Ahnung, was da auf dich zukommt«, sagte der Onkel. »Du wirst anfangen zu weinen.«

»Ich?« rief Florian lachend. »Darauf kannst du lange warten!«

Krieg spielen

in gewöhnlichen Zeiten: in normalen Zeiten
vor allem: besonders □ **siegen**: gewinnen □ **Spaß**: Freude
etwa: vielleicht
...gehören mindestens zwei: muß man wenigstens zwei sein
verlieren ≠ siegen
blöd: dumm
eifrig: schnell

klar!: bestimmt! □ **ich schaue <u>mir</u>** (Dativ!)**...an**: ich sehe mir...an □ **Kriegsfilme**: Filme + Krieg

losgeht: beginnt □ **meistens** ≠ selten
können es gar nicht erwarten: sind ungeduldig

das stimmt: es ist wahr □ **trübe**: traurig
darauf: auf den Krieg
habe mir ihn so vorgestellt wie...: habe gedacht, er wäre so wie... □ **die Guten** < gut □ **die Bösen** < böse
die Unschuldigen < unschuldig ≠ schuldig □ **werden gerettet** (< retten): bleiben am Leben □ **bestraft** ≠ belohnt (hier: werden getötet)

deshalb: deswegen; warum? deshalb!
echt ≠ falsch □ **Kämpfchen**: kleiner Kampf
begeistert: voll Feuer und Flamme; entflammt

hast keine Ahnung: weißt gar nicht □ **was auf dich zukommt**: was dich erwartet, was du erleben wirst □ **anfangen**: beginnen

rief < rufen □ **lachend** < lachen

»Florian«, sagte der Onkel fast feierlich, »ich will dich nicht zu diesem Spiel überreden. Wenn du Angst bekommst und lieber etwas anderes spielen willst, werde ich dich nicht feige nennen. Aber ich warne dich.«

»Nur zu, nur zu«, jubelte Florian, »ich *will* Krieg spielen!«

»Wer von uns beiden zuerst sagt: 'Mir langt's!' der hat den Krieg verloren«, sagte der Onkel.

»Einverstanden«, rief Florian mit blitzenden Augen.

»Abgemacht. Also, es geht los.«

»Wir haben ja noch keine Gewehre«, sagte Florian und hob zwei derbe Äste auf. Einen davon reichte er dem Onkel. Der verstummte und lauschte mit hochgerecktem Gesicht. Dann schrie er: »Tiefflieger!« packte Florian am Genick und warf sich mit ihm längelang in den Schlamm unter eine überhängende Birke.

»Aber Onkel Bernhard«, rief Florian, »meine Sonntagshosen!«

»Kopf runter«, donnerte der Onkel. »Rin mit dem Kinn in die Soße. Beweg dich nicht. Oder willst du, daß sie Hackfleisch aus dir machen?«

Florian tunkte sein Kinn in den Schlamm. Mit einem Auge sah er, daß auch Onkel Bernhard seine gute Hose anhatte.

»Verdammt, sie kommen zurück!« schrie der Onkel. »Runter in den Graben!«

»Aber der ist doch voll Wasser —«, stotterte Florian kläglich.

»Mach schon!« brüllte der Onkel und gab ihm einen groben Stoß. »Oder wir sind hin!«

Florian stolperte mit einem Patsch in den Graben, in

Krieg spielen

feierlich: in einem sehr ernsten Ton
zu dem Spiel überreden: sagen, daß er spielen soll

feige ≠ tapfer, mutig □ **ich warne dich**: aber Vorsicht!
nur zu: los! fangen wir an! □ **jubelte** < jubeln: antwortete mit Begeisterung
mir langt's: ich habe es satt

blitzend: glänzend

abgemacht: einverstanden, ok! □ **es geht los**: wir fangen an
Gewehr(e): eine Waffe, Soldaten tragen Gewehre
hob auf < aufheben: nahm auf □ **derb**: fest, dick □ **Äste** < Ast □ **verstummte**: sagte kein Wort mehr □ **lauschte**: hörte zu
Tiefflieger: Flugzeug, das nicht hoch fliegt
Genick: Nacken □ **längelang**: flach auf den Boden
Schlamm: Erde + Wasser □ **Birke**: Baum mit weißer Rinde
Sonntagshosen: Hosen, die Sonntags getragen werden, schöne Hosen
donnerte: schrie, dem Donner ähnlich □ **rin!**: los! vorwärts!
Kinn: unterer Teil des Gesichts □ **beweg dich nicht**: rühr dich nicht □ **Hackfleisch**: ein Hamburger wird aus H. gemacht
tunkte: z.B. man tunkt ein Stück Brot in die Soße

verdammt!: im Zorn gesprochenes Kraftwort; Fluch
Graben: das Wasser fließt in dem Graben neben der Straße
stotterte: sagte "ab...ab...aber"
kläglich: ängstlich; mit klagender Stimme
brüllte: schrie (< schreien)
Stoß: Schlag □ **wir sind hin**: ...verloren
stolperte: fiel hin (< hinfallen)

dem schmutzigbraunes Regenwasser stand. Das lief ihm in seine Gummistiefel. Es reichte ihm bis zu den Knien.

»Ducken!« schrie ihn der Onkel an. »Die sehen dich ja schon aus zehn Kilometer Entfernung!«

»Ins Wasser?« fragte Florian erschrocken.

Ohne zu antworten, drückte ihm der Onkel die Schulter herunter. Florian mußte sich mit dem Hintern ins Wasser hocken. Der Onkel hockte neben ihm.

»Die Mama wird schimpfen«, jammerte Florian.

»Du hast keine Mama mehr«, sagte Onkel Bernhard hart. »Eine Bombe hat vorhin euren Hof getroffen. Deine Mama war sofort tot. Deiner Oma hat ein Splitter das linke Bein abgerissen. Sie verblutet jetzt. Dein Vater ist von den Deckenbalken erdrückt worden. Und dein Opa hat beide Augen verloren. Deine kleine Schwester lebt noch, aber sie ist unter den Trümmern begraben. Man wird sie nicht finden. Sie wird da unten elend zugrunde gehen. Du bist jetzt ein Waisenkind, Florian. Du mußt schauen, wie du allein durch den Krieg kommst. Raus aus dem Graben, die Flieger sind fort. Aber dort drüben ballert's. Ich glaube, da schleicht sich feindliche Infanterie heran, um uns den Weg abzuschneiden. Wir müssen hier weg.«

Kaum war Florian triefend aus dem Graben geklettert, sagte der Onkel spöttisch: »Wo ist dein Gewehr?«

Verwirrt drehte sich Florian um. Dort schwamm es im Graben.

»Hol's — aber dalli!« schimpfte der Onkel. »Wie willst du Krieg machen ohne Waffe? Du machst dich ja lächerlich. Und die Feinde sind schon ganz nahe. Das

Krieg spielen

schmutzigbraun: braun + schmutzig (≠ sauber)
Gummistiefel: Stiefel (hohe Schuhe) aus Gummi *(caoutchouc)*
Knie: das K. befindet sich in der Mitte des Beins
ducken!: bück dich!

erschrocken: voller Angst

Schulter: *épaule* □ **Hintern**: "Popo" sagen kleine Kinder dazu
hocken: sich auf die Fersen *(talons)* setzen
schimpfen: böse sein □ **jammerte**: weinte fast, klagte

hart: mit einer harten (≠ sanften) Stimme □ **vorhin**: vor kurzer Zeit □ **Splitter**: Stück von einer Granate
abgerissen < abreißen: ihr Bein ist weg □ **verblutet**: sie verliert ihr Blut und stirbt □ **erdrückt**: ein großes Stück Holz (ein **Balken**) ist von der Decke auf ihn gefallen. Er ist tot.
Trümmer: Nach einem Bombenangriff liegt ein Haus in Trümmern □ **elend**: miserabel
zugrunde gehen: sterben □ ein **Waisenkind** hat keine Eltern mehr □ **schauen**: einsehen
raus: komm heraus!
es ballert: es wird geschossen □ **da schleicht sich**: da kommt leise heran □ **feindlich**: cf. der Feind (≠ der Freund)

triefend: vollkommen naß
spöttisch: mit spöttischer Stimme; er lachte ihn aus

verwirrt: ganz durcheinander □ **schwamm** < schwimmen

dalli!: schnell!

lächerlich: man muß lachen, wenn man dich sieht

wird dich dein Leben kosten!«

Florian kauerte sich beschämt am Grabenrand nieder und versuchte, den Stock heranzuangeln. Er drehte dem Onkel seinen Rücken zu.

»Ich spiele jetzt einen von den Feinden«, sagte der Onkel.

»Warte einen Augenblick«, jammerte Florian, »ich muß erst mein Gewehr haben — «

Aber da rief auch schon der Onkel: »Hände hoch!« und hielt seinen Stock in Anschlag. Florian fuhr erschrocken herum.

»Hände hoch — wird's bald?« donnerte der Onkel. »Meinst du, ich warte, bis du *mich* umbringst? Meinst du, ich laß mir die gute Gelegenheit entgehen, dich zu erledigen?«

»Nein«, rief Florian, »ich nehm die Hände nicht hoch. Ich will nicht der Verlierer sein!«

Und er stürzte sich auf den Onkel, der in diesem Augenblick »paff!« sagte, und trommelte ihm mit beiden Fäusten auf der Brust herum.

»Was soll das?« fragte der Onkel. »Du bist tot. Du bist mir direkt ins Gewehr gelaufen. Laß dich fallen. Du bist jetzt eine Leiche, und ich werde dir deine Stiefel von den Füßen zerren, weil ich sie brauchen kann.«

Aber Florian schrie schrill: »Ich bin nicht tot! Ich bin nicht tot! Und jetzt mach *ich* dich tot!«

Da klemmte sich der Onkel sein Gewehr zwischen die Knie, packte mit seiner einzigen Hand den Jungen am Kragen und warf ihn mitten in die Brennnesselbüsche zwischen Weg und Grabenrand. Florian heulte vor Schmerz. Nicht nur die Arme brannten. Auch über das Gesicht hatten die Nesseln gepeitscht.

Krieg spielen

kauerte sich...nieder: hockte nieder □ **beschämt**: verlegen
versuchte: probierte □ **drehte dem O. seinen Rücken zu**: und da sah der Onkel sein Gesicht nicht mehr

Augenblick: Moment □ **jammerte**: sagte fast weinend

Hände hoch!: *haut les mains!*
hielt seinen Stock in Anschlag: hielt den S. hoch, um zu schießen
wird's bald?: bist du fertig? Mach schnell!
meinst du?: denkst du? □ **umbringst**: tötest
ich laß(e) mir die gute Gelegenheit entgehen: ich nutze diese Chance nicht □ **erledigen**: töten, erschießen, vernichten
rief < rufen

stürzte sich auf: warf sich auf (< sich werfen)
trommelte: gab ihm Schläge, wie auf eine Trommel *(tambour)*
Fäusten < Faust: geballte Hand
Was soll das?: was heißt das? was bedeutet das?
Du bist mir...ins Gewehr gelaufen: hast dich auf das G. geworfen □ **Leiche**: toter Körper
zerren: reißen, ausziehen
schrill: mit greller (sehr heller) Stimme
mach ich dich tot: töte dich
klemmte sich: hielt fest (< festhalten)
packte: fing (< fangen)
Kragen: *col* □ **Brennesselbüsche**: *buissons d'ortie*
heulte vor Schmerz: weinte laut, weil es ihm weh tat
brannten < b ennen: glühten und schmerzten
gepeitscht: wie mit einer Peitsche *(fouet)* geschlagen

»Das ist unfair!« schrie er wutentbrannt.

»Meinst du, im Krieg ginge es fair zu?« fragte der Onkel, dem die nasse Hose an den Beinen klebte. »Wenn du's fair haben willst, mußt du was anderes spielen. Im Krieg sucht nur einer den anderen fertigzumachen, egal wie.«

»Und außerdem bist du viel stärker als ich«, heulte Florian.

»Im Krieg ist immer einer stärker als der andere. Du hättest vorhin gut daran getan, dich zu ergeben. Dann hättest du dir alles Weitere erspart.«

»Aber dann hätte ich doch verloren!« sagte Florian.

»Alle, die sich in einen Krieg einlassen, verlieren, auch wenn es bei manchen so aussieht, als hätten sie gesiegt«, sagte der Onkel. »Und jetzt lauf um dein Leben, wenn du unbedingt weiterleben willst. Die Panzer kommen!«

»Hilf mir aus den Brennesseln raus«, bat Florian matt.

»Wollten wir nicht *echten* Krieg spielen!« fragte der Onkel. »Im Krieg hebt einen auch keiner aus dem Schlamassel. Raus, sag ich! Fort! Oder willst du plattgewalzt werden?«

Er stieß den Jungen vor sich her.

»Weg vom Weg — in den Wald hinein!« keuchte der Onkel. »Renn, so schnell du kannst.«

Die Stiefel scheuerten, die Hose klebte. Zwischen den Beinen wurde die Haut wund.

»Ich kann nicht mehr, Onkel Bernhard!« jammerte Florian.

»Du wirst schon noch können«, ächzte der Onkel,

Krieg spielen

wutentbrannt: voller Wut, sehr zornig
ginge es fair zu? < zugehen: wären alle fair?
naß ≠ trocken ☐ **klebte an den Beinen**: haftete auf der Haut; cf. Klebstoff ☐ **was**: etwas
fertigmachen: besiegen

außerdem: überdies, dazu

stärker < stark
hättest...ergeben: es wäre intelligent von dir gewesen, dich für besiegt zu erklären ☐ **hättest...erspart**: es wäre dir nichts Unangenehmes geschehen

sich in einen Krieg einlassen: den K. mitmachen ☐ **auch wenn**: *même si* ☐ **bei manchen...gesiegt**: mehrere glauben, sie hätten gesiegt ☐ **um dein Leben**: um dich zu retten
unbedingt: absolut, auf jeden Fall ☐ **weiterleben**: noch leben

aus den B. raus: ....rauszukommen ☐ **bat** < bitten
matt: mit schwacher Stimme

hebt...Schlamassel (Ugs): hilft niemand dem anderen

plattgewalzt werden: wie durch eine Walze *(rouleau compresseur)* überfahren werden ☐ **stieß** < stoßen: schieben
weg vom Weg: fort vom Weg *(sentier)* ☐ **keuchte**: sprach und atmete mit Mühe ☐ **renn!**: lauf!
scheuerten: rieben (< reiben) an den Fersen
Beinen < Bein: Menschen haben 2 Beine, Tiere 4 ☐ **wund**: verletzt

ächzte: stöhnte (vor Schmerz)

»wenn ich dir sage, daß ich jetzt wieder ein Feind bin und versuche, dir mit dem Gewehrkolben den Schädel einzuschlagen. Renn — ich komme!« Und er schwang seinen Stock und brüllte mit verzerrtem Gesicht: »Gib mir meinen Arm wieder, du verdammter Hund!«

Florian erschrak. So hatte sein Onkel noch nie ausgesehen: wie ein wildes Tier — eine Bestie!

Er begann zu rennen. In einer morastigen Mulde verlor er einen Stiefel. Er wagte nicht stehenzubleiben. Er lief auf dem bloßen Socken weiter, trat auf spitze Zweige, auf Reisig, auf Äste. Vor Schmerz schrie er ab und zu laut auf. Hinter sich hörte er den Onkel immer näher keuchen. Kopflos vor Schreck stürmte er in das dornige Dickicht hinein, das vor ihm lag, und spürte, wie seine Hose hängenblieb und riß, die Sonntagshose. Dann verlor er den zweiten Stiefel und trat in Dornen. Er hörte sich wie einen Hund aufjaulen. Das Herz klopfte ihm bis in den Hals.

Plötzlich wurde ihm bewußt, daß er den Onkel nicht mehr hinter sich keuchen hörte. Hastig schaute er sich um. Kein Onkel war zu sehen.

Aber dort vor dem Gestrüpp — lag dort nicht etwas in den Farben von Onkel Bernhards Hemd, grün und gelb kariert?

Florian blieb stehen, schaute schärfer hin, kehrte unschlüssig um. Ja, wahrhaftig, dort lag Onkel Bernhard mit dem Gesicht nach unten und rührte sich nicht. Sein Arm hing ausgestreckt im Heidelbeergesträuch.

Wie betäubt beugte sich Florian über ihn.

»Onkel Bernhard«, flüsterte er.

Der Onkel bewegte sich noch immer nicht.

Florian strich bestürzt über sein graues Haar und bat:

...kolben: breites Ende des G. □ **Schädel:** Kopf
einschlagen: mit einem Schlag kaputt machen □ **schwang** < **schwingen:** bewegen □ **mit verzerrtem Gesicht:** G. mit Grimassen verzerrt □ **verdammter Hund!:** Fluchwort
erschrak < **erschrecken:** bekam Angst □ **nie:** niemals

morastig: sumpfig, schlammig □ **Mulde:** Loch
wagte: riskierte
auf dem bloßen Socken: ohne Stiefel □ **spitz:** wie eine Nadel
Reisig: dürre, kleine Zweige □ **ab und zu:** von Zeit zu Zeit

kopflos vor Schreck: konnte nicht mehr denken, so groß war der Schmerz □ **das dornige Dickicht:** *buisson d'épines*
riß < **reißen:** zerriß
Dornen sind spitz; cf. dornig
aufjaulen: heulen □ **das Herz** ist in der Brust und schlägt

wurde ihm bewußt: ...klar; er merkte
hastig: schnell □ **schaute er sich um:** drehte sich um und schaute nach hinten
Gestrüpp: dichtes Gebüsch, Dickicht
Farbe(n): wie grün, gelb, rot □ **Hemd:** Kleidungsstück; cf. ein kariertes Hemd
blieb stehen: hielt an, stoppte □ **schärfer** < **scharf:** genauer
kehrte...um: ging wieder zurück □ **unschlüssig:** zögernd
rührte sich: bewegte
ausgestreckt: gerade □ **Heidelbeergesträuch:** *buisson de myrtilles*
betäubt: fast bewußtlos □ **beugte sich:** neigte sich, bückte sich
flüsterte: sprach leise

strich < **streichen:** fuhr mit der Hand über das H.

»Steh doch auf, Onkel Bernhard — bitte, bitte steh auf.«

Aber der Onkel stand nicht auf. Da wurde es Florian ganz heiß vor Schreck. Er fing an zu weinen.

»Bist du tot?« schluchzte er. »Ach, bitte, sei doch nicht tot!«

Er streichelte Onkels Haar, das grün-gelb karierte Hemd, die schlaffe Hand. Er weinte immer lauter und verzweifelter. Aus der Hitze wurde Kälte. Er schlotterte. Seine Zähne klapperten vor Entsetzen.

»Du kannst doch nicht einfach tot sein«, heulte er.

Da richtete sich der Onkel langsam auf und drehte sich um. In seinem Gesicht klebten Tannennadeln und Moosflöckchen. Florian starrte ihn entgeistert an.

»Du lebst ja«, flüsterte er.

»Nein«, sagte der Onkel. »Ich bin tot. Ich bin von einer Kugel getroffen worden. Es hat mich einer erschossen, der auch Onkel von so einem Jungen ist. Es war ein netter Mensch — einer, der im Frieden nie auf den Gedanken käme, jemanden umzubringen. Wollen wir weiterspielen?«

»Nein«, stammelte Florian, »mir langt's.«

»Mir auch«, sagte der Onkel.

Schweigend suchten sie nach Florians Stiefeln. Den einen fand Florian, den anderen der Onkel. Dann machten sie sich auf den Heimweg.

»Unser Krieg hat knapp zwölf Minuten gedauert«, stellte der Onkel fest.

Florian schaute erstaunt zu ihm auf. Ihm war er endlos vorgekommen.

»Wollen wir morgen wieder Krieg spielen?« fragte der Onkel.

stand...auf < aufstehen □ **wurde es F. heiß**: wurde es ihm sehr warm □ **fing an** < anfangen
schluchzte: weinte laut □ **sei!** < sein

streichelte: fuhr zärtlich über das Haar hin, man streichelt einen Hund, eine Katze □ **schlaff**: wie leblos
verzweifelt: hoffnungslos □ **schlotterte**: zitterte
klapperten vor Entsetzen: er hatte eine so große Angst, daß seine Zähne aufeinanderschlugen
richtete sich ...auf: stand auf (< aufstehen)
Tannennadeln: Nadeln (sind spitz) + Tanne (Tannenbaum)
Moosflöckchen: *petits flocons de mousse* □ **entgeistert**: entsetzt, bestürzt □ **lebst**: bist nicht tot

die Kugel kommt aus der Pistole □ **einer**: jemand
erschossen < erschießen: getötet (mit einer Kugel)
im Frieden ≠ im Krieg
nie auf den Gedanken käme: würde nie daran denken □ **umbringen**: töten, ermorden
stammelte: stotterte

schweigend: ohne zu sprechen ⌀ **suchten sie nach**...

machten sie sich auf den Heimweg: gingen sie nach Hause
knapp: kaum
stellte...fest < feststellen: konstatierte, sagte
schaute ...zu ihm auf: richtete seinen Blick auf ihn □ **ihm war er endlos vorgekommen**: ihm war es sehr lange erschienen

»Nein«, antwortete Florian hastig, »keinen Krieg. Gar nichts mehr mit Krieg.«

»Ich hab dich vorhin übel behandelt«, sagte der Onkel. »Es ist mir nicht leichtgefallen. Aber ich hab's getan, weil ich dich mag. Ich will dir begreiflich machen, wie der Krieg wirklich ist.«

»Ich hab so Angst vor dir gehabt«, schnaufte Florian und zog die Nase hoch. »Du hast ausgesehen wie ein Tier, als du mit dem Knüppel hinter mir hergerannt bist.«

»Im Krieg werden die Menschen zu Tieren«, sagte der Onkel ernst.

»Und nachher hab ich Angst um dich gehabt, weil ich dachte, du seist wirklich tot —«

»Im Krieg ist so ein Tod alltäglich. Ich habe damals kaum mehr hingeschaut, wenn ich Tote am Wegrand liegen sah. Für dich soll der Tod nicht alltäglich werden. Ich will, daß du beide Arme behältst. Dich soll kein Panzer zermalmen, keine Bombe zerfetzen, kein Schuß treffen. Du und alle, die wir beide liebhaben, sollen unversehrt leben können. Und wenn du ein Held sein willst, findest du auch im Frieden Gelegenheit dazu.«

Florian schob seine Hand in die Hand, die seinem Onkel geblieben war, und sagte: »Ich wollte, du hättest noch deine andere Hand.«

»Ich hab ja noch Glück gehabt«, sagte der Onkel. »Du siehst: Zur Not kann man auch mit einer einzigen Hand zurechtkommen. 60 Millionen Menschen haben im letzten Krieg ihr Leben verloren. Darunter waren sicher auch ein paar Tausend solcher Jungen wie du.«

Das letzte Stück des Weges schwiegen sie. Zwischen Koppelzaun und Hof sagte der Onkel: »Ich glaube,

Krieg spielen 73

hastig: schnell
gar nichts mehr mit K.: ich will nichts mehr vom Krieg hören
habe dich übel (schlecht) **behandelt**: habe dir weh getan
es ist mir nicht leichtgefallen: es war nicht leicht für mich
will dir begreiflich machen: will, daß du verstehst

schnaufte: sagte außer Atem
zog die Nase hoch < die Nase hochziehen: *renifler*
Knüppel: kurzer, großer Stock □ **hergerannt** < herrennen

☒ **werden die M. zu Tieren**
ernst: seriös
nachher: dann □ **um dich**: für dich
dachte < denken ☒ **seist** < sein; Konj.I, ind. Rede
alltäglich: passiert jeden Tag, gewöhnlich, normal
hingeschaut: hingesehen □ **Tote**: tote Soldaten

behältst < behalten ≠ verlieren
zermalmen: zerdrücken □ **zerfetzen**: in Fetzen (in kleinen Stücken) reißen
unversehrt: heil, nicht verletzt
Gelegenheit: Möglichkeit
schob (< schieben) **seine H. in die Hand...**: gab seinem Onkel die Hand

Glück ≠ Unglück, Pech
zur Not: wenn es unbedingt sein muß
zurechtkommen: fertig werden □ **Menschen**: Leute
im letzten K. ≠ im nächsten K. □ **darunter**: unter den 60 Millionen
das letzte Stück des W.: als sie fast zu Hause waren
Koppelzaun: der Zaun faßt die Koppel ein □ **Hof**: *cour*

deine Mutter bekäme einen Schreck, wenn sie dich unvorbereitet so sähe. Warte hier, bis ich ihr alles erklärt habe. Ich fürchte, sie wird wütend auf mich sein. Sie weiß ja nichts vom Krieg. Sie ist erst nach dem Krieg geboren worden.«

»Ich weiß schon, was sie sagen wird«, meinte Florian. »Das arme Kind. Es kann eine Lungenentzündung bekommen! Und was für ein Jammer um Hemd und Hose!«

»Ich werde ihr versprechen, dir ein neues Hemd und eine neue Hose zu kaufen«, sagte der Onkel, »und ein großes Paket Papiertaschentücher. Das ist mir die Sache wert. Wenn ich pfeife, ist das Donnerwetter vorbei, dann kannst du kommen.«

Als der Onkel ein paar Schritte gegangen war, rief ihm Florian nach: »Danke, daß du mir den Krieg gezeigt hast.«

Krieg spielen

bekäme (< bekommen) **einen Schreck:** hätte große Angst
unvorbereitet: plötzlich □ **sähe** < sehen
wütend: sehr böse
sie weiß nichts vom Krieg: sie kennt den K. nicht
geboren: zur Welt kommen

Lungenentzündung: *pneumonie*
was für ein Jammer um...: sie wird laut klagen wegen...

versprechen: versichern, beschwören

Papiertaschentücher: ich habe mich erkältet, ich brauche viele T. □ **das ist...wert:** es lohnt sich □ **Donnerwetter:** Geschrei, Schimpfen
ein paar Schritte: einige Meter

Grammaire au fil des nouvelles

Les références placées après chaque rubrique grammaticale renvoient à la Grammaire active de l'allemand ; *les chiffres placés après chaque phrase renvoient aux pages et aux lignes du texte.*

Impératif. Autres façons de donner un ordre (p. 20).

D'accord, jouons à la guerre ! (58-23). **Baisse la tête !** (60-20) **Ne bouge pas !** (60-21). **Abaisse-toi !** (62-4). **Va chercher ton arme !** (62-30). **Attends un moment !** (64-7). **Haut les mains !** (64-9). **Aide-moi à sortir des orties !** (66-19). **Va dans la forêt !** (66-26). **Lève-toi !** (70-1). **Ne sois pas mort !** (70-5).

Auxiliaires de mode (pp. 34, 36, 38).

Florian l'*aimait bien* (56-2). **Qu'est-ce que nous *allons* faire ?** (56-14). **Pendant la guerre on *peut* prouver son courage** (56-31). **On *n'a pas le droit* de faire cela en temps ordinaire** (58-1). **Il *ne faut* quand même pas être aussi bête !** (58-6). **Florian *dut* s'accroupir, le derrière dans l'eau** (62-8). **Mais *qu'est-ce que ça signifie ?*** (64-21). **Je n'en peux plus !** (66-30).

Futur (p. 50).

Mettre les phrases suivantes au futur :

Du fängst an zu weinen (58-29). **Ich nenne dich nicht feige** (60-4). **Die Mamma schimpft** (62-10). **Ich fürchte, sie ist wütend auf mich** (74-3). **Ich weiß schon, was sie sagt** (74-6). **Ich verspreche ihr, dir eine neue Hose zu kaufen.** (74-10)

Pronoms personnels (pp. 100, 104).

Avec *lui* on ne s'ennuyait jamais (56-4). **Je regarde (sich ansehen) toujours les films de guerre** (58-10). **La guerre ? Je *me la* représentais comme dans les films** (58-18). ***Moi*, je vais pleurer ?** (58-31). **Il *lui* donna un grand coup** (60-3). **"Baisse-toi !" *lui* cria l'oncle** (62-4). **Ça va *te* coûter la vie** (64-1). **Je vais *te* retirer tes bottes** (64-23).

Kurt Benesch

Das Schloß der Vampire

In dieser Geschichte behandelt Kurt Benesch nach vielen anderen Schriftstellern das Thema des weltberühmten Vampirromans "Dracula" von Bram Stoker. "Der Graf Dracula trinkt das Blut seiner Opfer und macht sie zu Gespenstern der Nacht. Er hat keinen Schatten und kein Spiegelbild. Wenn es Nacht wird, geht er auf Beute aus. Es gibt keine Hoffnung mehr, wenn er kommt."

Wird es Rupertus, dem Helden dieser Erzählung, mit Hilfe eines hübschen Mädchens, gelingen, den "Untoten" loszuwerden?

Diese spannende und humorvolle Novelle ist der Sammlung "Gespenstersagen" entnommen, die noch viele Gruselgeschichten anbietet.

Kurt Benesch, 1926 in Wien geboren, wo er immer noch lebt, ist freier Schriftsteller. Er hat viele Romane, darunter die letzten: "Nie zurück", "Die Spur in der Wüste", "Fabrizio Alberti", "Von damals nach Jericho"; Kinder- und Jugendbücher, Hörspiele, Kurzgeschichten und Sachbücher geschrieben.

Rupertus hatte noch einen langen, mühevollen Ritt vor sich. Die Karpaten waren ein unwegsames Gebirge und sein Pferd nicht mehr gerade das jüngste. Um so jünger und unternehmungslustiger war er selbst. Im Dienst eines hohen Herrn hatte er ganz Europa bereist, hatte Warschau und sogar das großartige St. Petersburg gesehen und eher wie der Sohn seines Herrn gelebt denn als dessen Diener.

Vor etlichen Wochen aber, zur Zeit der bösartigen Frühjahrsgrippe, war sein Herr plötzlich erkrankt und wenige Tage später gestorben.

Rupertus wollte also wieder in seine Heimat zurück, zu seiner Mutter, um dort zu überlegen, ob er das kleine ererbte Gut übernehmen und einen Hausstand gründen oder noch einmal den Verlockungen der Fremde nachgeben und in die große Welt hinausziehen sollte. Ach, das Leben war so schön und so voll der schönsten Möglichkeiten!

Wie er so vor sich hin träumend durch ein enges Tal ritt, merkte er, daß es auffallend rasch zu dunkeln begann. »O weh«, dachte er, »hoffentlich finde ich noch vor Einbruch der Nacht eine Unterkunft! Im Freien würde ich wohl erfrieren oder gar die Beute eines hungrigen Bären werden.« Aber es sah gar nicht danach aus, als ob in dieser unwirtlichen Gegend Menschen lebten, und darum war Rupertus um so überraschter und erleichtert, als er nach einer knappen halben Stunde ein Haus erblickte. Bei näherem Hinsehen entpuppte es sich zwar als eine eher armselige Hütte, in seiner Lage aber erschien sie ihm verlockender als der prächtigste Palast. Sicher gab es dort einen heimeligen Kamin, an dem man die steifgefrorenen Zehen wärmen konnte...

Das Schloß der Vampire

mühevoll: schwierig ☐ **Ritt**: cf. reiten (auf einem Pferd r.)
in einem unwegsamen G. gibt es nicht viele Wege, kann man nur schwer gehen ☐ **nicht gerade**: eben nicht ☐ **jüngste** < jung
unternehmungslustig: immer bereit, etwas zu unternehmen (tun)
☐ **im Dienst eines Herrn**: bei ihm angestellt
Warschau: Hauptstadt Polen ☐ **großartig**: grandios, wundervoll, herrlich ☐ **eher**: mehr
dessen Diener: sein Diener
vor etlichen W.: einige W. früher ☐ **bösartig**: schlimm, stark
Frühjahrsgrippe: Grippe im Frühling ☐ **war...erkrankt**: wurde krank ☐ **gestorben** < sterben
Heimat: Vaterland; wie Deutschland für die Deutschen; aber auch Geburtsort ☐ **überlegen**: nachdenken
das ererbte Gut: *domaine reçu en héritage* ☐ **einen Hausstand gründen**: eine Familie gründen; sich verheiraten ☐ **den Verlockungen der F. nachgeben**: *céder aux tentations de l'étranger*

Möglichkeit(en): cf. möglich
vor sich hin träumend: er träumte; dachte an dieses schöne Leben ☐ **auffallend**: ungewöhnlich ☐ **rasch**: schnell ☐ **dunkeln**: Nacht werden
vor Einbruch der Nacht: bevor es dunkelt ☐ **Unterkunft**: Ort, wo man schlafen kann ☐ **im Freien**: draußen ☐ **erfrieren**: vor Kälte sterben ☐ **die Beute eines...Bären werden**: ein Bär *(ours)* würde ihn fressen ☐ **es sah...aus, als ob...**: keine Menschen lebten dort, so schien es ☐ **darum**: deshalb, deswegen
nach einer knappen h. S.: nach kaum einer h. S.
bei näherem Hinsehen: als er das Haus genauer ansah ☐ **entpuppte sich als...**: war in Wirklichkeit...☐ **armselige Hütte**: armes kleines Haus ☐ **verlockend**: anziehend ☐ **prächtig**: herrlich ☐ **heimelig**: gemütlich wie daheim ☐ **im Kamin** wird Feuer gemacht ☐ **die steifgefrorenen Zehen** *(orteils)* sind durch

Aber Rupertus wurde unsanft aus seinen schönen Hoffnungsträumen gerissen, als er näher kam und ein altes Weib mit hexenhaften Zügen und bösen, stechenden Augen vor die Tür treten sah.

»Taugenichts! Herumtreiber! Zigeuner!« keifte sie ihm entgegen, kaum daß sie seiner ansichtig wurde. »Was hast du hier zu suchen? Schlimm genug, daß es Tagediebe gibt, die nicht bleiben, wo sie hingehören — müssen solche Strolche einen auch noch belästigen, wenn es Nacht wird?«

»Aber, gute Frau!« versuchte der Reiter sie zu besänftigen.

»Wie kann man denn einen müden Fremden so begrüßen, der sich in dem unbekannten Gebirge verirrt hat? Ich möchte ja nur ein Dach über dem Kopf, und Ihr könnt Euch einen Batzen Geld damit verdienen. Und Gottes Lohn noch obendrein.«

»Gott? Gott?« Die Alte verzog ihr Gesicht, als hätte sie eine ganze Kröte auf einmal verschluckt. »Wer soll denn das sein? Diesem Herrn bin ich noch nie begegnet. Also brauch ich auch keinen Lohn von ihm.«

Rupertus erschrak zutiefst über die haßerfüllten Lästerungen der Frau, da schien ihr plötzlich ein neuer Einfall zu kommen: »Was hast du vorhin gesagt, du Strolch? Geld? Zeig doch einmal her! Vielleicht kann ich dir doch noch helfen.«

Rupertus zog ein blankes Goldstück aus seinem Beutel und hielt es ihr hin. »Genügt das?«

Die Alte betrachtete es mit gierigen Augen und wollte schon danach greifen, zog aber die Hand wieder zurück und kreischte: »Wo hast du das gestohlen? Ein ehrlicher Mensch kommt sein Lebtag nicht zu so einem

Das Schloß der Vampire

die Kälte starr geworden □ **unsanft**: hart und plötzlich □ **aus seinen H. gerissen**: konnte nicht mehr an etwas Schönes denken
Weib: Frau □ **sie hatte h. Züge**: sie sah wie eine Hexe *(sorcière)* aus
der Taugenichts tut nichts □ **Herumtreiber**: Vagabund □ **Zigeuner**: *bohémien* □ **seiner ansichtig wurde**: ihn erblickte

Tagedieb: Faulpelz □ **wo sie hingehören**: wo sie normalerweise wohnen □ **Strolch(e)**: Vagabund □ **belästigen** ≠ in Ruhe lassen

der **Reiter** sitzt auf einem Pferd
besänftigen: (cf. sanft) beruhigen
der Fremde(n n) wohnt nicht in diesem Ort
das unbekannte G. kennt er nicht □ **sich...verirrt hat**: den Weg nicht mehr gefunden hat
Ihr könnt: Sie können □ **einen Batzen Geld**: viel Geld
Gottes Lohn: Gottes Dank □ **noch obendrein**: auch, noch dazu
verzog (< verziehen) **ihr Gesicht**: machte eine Grimasse
Kröte: *crapaud* □ **verschluckt**: ohne sie gekaut zu haben
diesem Herrn bin ich nie begegnet: diesen Herrn habe ich nie getroffen < treffen
erschrak < erschrecken: bekam Angst □ **haßerfüllte L.**: Fluch *(blasphème)* voller Haß (≠ Liebe) □ **Einfall**: plötzlicher Gedanke, Idee □ **vorhin**: zuvor

blank: glänzend □ **Beutel**: Geldtasche
hielt...hin < hinhalten: reichte
sie hatte gierige Augen, weil sie sich das Geld so sehr wünschte
danach greifen: das Goldstück nehmen
kreischte: schrie mit schriller Stimme □ **gestohlen** < stehlen □
auf einen ehrlichen M. kann man sich verlassen □ **sein Lebtag**:

Schatz. Da siehst du selbst, wie recht ich habe, dich nicht in mein Haus zu lassen. Wie leicht wird man von so einem Vagabunden bestohlen und umgebracht. Aber gib her!« Die Gier hatte über die Vorsicht gesiegt, und die Alte riß die Münze an sich. »Dafür kriegst du den Schlüssel zum Schloß.«

»Schloß? Was für ein Schloß?« Er sah sich suchend um.

»Tölpel! Bist du blind?« Die Alte zeigte mit ihren dürren Fingern auf eine Ruine, deren Umrisse sich scharf gegen den Abendhimmel abzeichneten. »Der Herr ist wohl ein besseres Quartier gewohnt, ha?« Sie kicherte. »Aber sei getrost, das Turmstübchen ist recht gemütlich.«

So wurde der Handel abgeschlossen. Rupertus bekam einen Schlüssel und ritt eilends den gewundenen Weg zur Spitze des Bergfelsens hinauf.

Plötzlich aber sprang etwas von einem Felsen direkt vor ihn auf den Weg, daß das Pferd sich vor Schreck aufbäumte. Rupertus glaubte, eine Raubkatze vor sich zu haben, und griff nach seiner Pistole — da erkannte er im Dämmerlicht, daß es ein anmutiges junges Mädchen war, so wunderschön, wie er nicht einmal in St. Petersburg eines gesehen hatte. Brandrote Locken umrahmten ein zartes, blasses Gesicht, und ihre grünen Augen schienen in einem überirdischen Licht zu strahlen.

»Ein Glück, daß ich Euch noch erreicht habe«, stieß sie atemlos hervor. »So kann ich Euch noch warnen.«

»Warnen?« fragte Rupertus und tätschelte beruhigend sein zitterndes Pferd. »Wollte mich die Alte in eine Falle locken? Sind Räuber dort oben in der Ruine?«

Das Schloß der Vampire

im ganzen Leben ☐ **Schatz**: viel Geld

umgebracht < umbringen: getötet, ermordet
die Gier...gesiegt: ihr Wunsch nach Geld war so groß, daß sie nicht mehr aufpaßte ☐ **riß** < reißen: nahm gewaltsam
Schlüssel: damit kann man eine Tür aufschließen
Schloß: wie das Schloß von Versailles

Tölpel!: Dummkopf! ☐ **blind**: ein Blinder sieht nicht
dürr: sehr mager ☐ **deren Umrisse...abzeichneten**: man sah nur die Kontur des Schlosses
ist wohl ein besseres Quartier gewohnt: hat gewöhnlich eine bessere Unterkunft ☐ **kicherte**: lachte leise ☐ **Turmstübchen**: kleine Stube (Zimmer) im Turm
so wurde der Handel abgeschlossen (< abschließen): sie einigten sich; sie sagten "OK" ☐ **eilends**: schnell ☐ **ein gewundener Weg** hat viele Kurven ☐ **zur Spitze**: bis oben
Felsen: Fels; großer Stein
vor Schreck: vor Angst
sich aufbäumte: sich auf die Hinterbeine stellte ☐ **Raubkatze**: Wildkatze ☐ **griff** (< greifen) **nach** (+ D.): nahm
Dämmerlicht: Halbdunkel ☐ **anmutig**: hübsch, graziös

brandrote Locken: die Haare waren rot wie Feuer und gelockt *(frisé)* ☐ **umrahmten**: waren um...☐ **zart**: fein ☐ **blaß**: weiß; die Haut war hell ☐ **überirdisch**: übernatürlich

stieß...hervor < hervorstoßen: schrie
atemlos: außer Atem ☐ **warnen**: "Vorsicht!" sagen
tätschelte: klopfte leise auf... ☐ **beruhigend**: damit das Pferd wieder ruhig wird
in eine Falle locken: *attirer dans un guet-apens*

»Wenn es nur Räuber wären!« seufzte das Mädchen.

»Aber habt ihr nie von den Va...« Sie unterbrach sich, setzte aber rasch fort: »Habt Ihr nie von den Untoten gehört?«

»Untoten?« Rupertus machte ein dummes Gesicht.

»Ja, die Blutsauger«, sagte das Mädchen und blickte um sich, als fürchtete es, belauscht zu werden. »Die mit den spitzen Zähnen, die sie den lebenden Menschen in den Hals schlagen, um sie zu ihresgleichen zu machen. Tote, die nicht tot sind, Untote, die tagsüber wie tot in ihren Särgen liegen, nachts aber aufstehen und sich ihre Opfer suchen. Drum meidet das Schloß und reitet weiter, so rasch Ihr könnt!«

Rupertus blickte auf das Mädchen nieder, das mit seinen feingliedrigen Händen in die Zügel gegriffen hatte. Die angstvollen Worte hatten ihn zwar ordentlich erschreckt, wenn er aber an die Kälte der Nacht und an die Gefahren dachte, die von Bären und Wölfen drohten, dann erschienen ihm diese Wesen, die er doch nur für Ausgeburten abergläubischer Fantasie hielt, weitaus harmloser.

»Nein, mein Kind, ich hab keine Angst vor Gespenstern. Es sei denn...«, er lächelte, »es käme eine Hexe, die so schön ist wie du.«

Das Mädchen aber ging auf seinen Scherz nicht ein und seufzte nur. »Ich hab mir's gedacht, daß Ihr nicht auf mich hören wollt. Aber nehmt wenigstens das und legt es im Kreis um Euer Bett! Es ist das einzige Mittel gegen Vampire.«

Sie zog unter ihrer Schürze ein Körbchen mit Knoblauch hervor und reichte es ihm hinauf. Er wollte

Das Schloß der Vampire

seufzte: atmete einmal tief auf

unterbrach sich < unterbrechen: sprach nicht mehr
setzte...fort < fortsetzen: sprach wieder
Untote: Vampire; sie sind nicht ganz tot
machte ein dummes Gesicht: schien nicht zu verstehen
die Blutsauger saugen (trinken) das Blut der Menschen
belauscht: angehört
Zahn(¨e): im Mund haben wir 32 Z. ☐ **lebend** ≠ tot
um sie zu ihresgleichen zu machen: damit sie auch Vampire werden ☐ **tagsüber**: während des Tages
Sarg(¨e): ein Toter wird in einen S. gelegt
Opfer: Beute ☐ **drum**: darum ☐ **meidet das S.**: geht nicht vorbei

feingliedrige H.: zarte H., mit feinen Fingern ☐ **Zügel**: damit kann man das Pferd führen ⊘ **Worte** (und nicht Wörter!): was es gesagt hatte
Gefahr(en): cf. gefährlich ☐ **Wölfen** < Wolf: *loup* ☐ **drohten**: kommen könnten ☐ **Wesen**: wie Tiere, Menschen
Ausgeburten abergläubischer Fantasie: Wesen, die sich nur im Kopf abergläubischer *(superstitieux)* Leute bilden ☐ **harmloser**: nicht so gefährlich ☐ **Gespenster**: Tote, die den Lebenden nachts erscheinen ☐ **es sei denn**: nur wenn... ☐ **käme** < kommen

ging auf seinen S. nicht ein: antwortete auf seinen S. nicht
hab mir's gedacht: habe schon gewußt
wenigstens: jedenfalls
Kreis: runde geometrische Figur ☐ **Mittel**: etwas, was Hilfe bringt
Schürze: *tablier* ☐ **Körbchen**: kleiner Korb ☐ **Knoblauch**: Pflanze von scharfem Geruch, wird als Gewürz gebraucht

laut herauslachen, nahm das Geschenk aber doch entgegen, um das schöne Mädchen nicht zu kränken, das es so gut mit ihm meinte. Er sagte auch noch artig danke schön, dann ritt er weiter, nicht ohne sich noch einmal nach ihm umzudrehen. »Jammerschade um das Kind«, dachte er. »So schön und so verdreht im Kopf!« Aber bald hatte er anderes zu denken.

Die Turmstube, die er über eine halbverfallene Steintreppe erreichte und mit dem Schlüssel der alten Frau aufschließen konnte, war eine große Überraschung: ein kostbares Gemach, der Boden mit weichen Fellen bedeckt und die Wände mit Seide bespannt. Auf dem Tisch standen silberne Leuchter, und im Kamin prasselte ein helles Feuer. So schön und behaglich alles eingerichtet war, so unheimlich wurde dem guten Rupertus zumute, da sich doch nirgends ein Mensch blicken ließ, der diese gastlichen Vorbereitungen getroffen hatte. Und als er noch ein mächtiges Schinkenbein und einen Krug Rotwein entdeckte, war es mit seiner Ruhe ziemlich zu Ende. Er lachte zwar noch laut, um sich selber Mut zu machen, er trank auf das Wohl des unsichtbaren Gastgebers und ließ sich den köstlichen Schinken schmecken, aber er stellte sich doch vorsorglich an die Wand, um den Rücken frei zu haben, und erwartete jeden Augenblick, daß etwas Ungewöhnliches geschehen werde.

Tatsächlich! Er hatte sich eben ein zweites Glas nachgeschenkt, als die Flammen der Kerzen unruhig zu flackern begannen. Rupertus griff nach dem Pistolenhalfter, ließ aber die Hand wieder davon, als er einen vornehmen Mann in einem dunklen Radmantel und mit wachsbleichem Gesicht in der Tür stehen sah.

kränken: beleidigen, ihre Gefühle verletzen
artig: brav, lieb

jammerschade <u>um</u> das Kind: sehr schade
verdreht im Kopf: geistesgestört, debil

halbverfallen: halb zerstört
Steintreppe: Treppe aus Stein *(pierre)*

Überraschung: etwas Unerwartetes □ **kostbar**: herrlich □ **Gemach** (poet.): Zimmer □ **Fellen** < Fell: Pelz; wie Bärenfell □ **mit Seide bespannt**: *tendus de soie* □ **silberne Leuchter**: Kandelaber aus Silber (weißes Edelmetall) □ **prasselte**: brannte knisternd □ **behaglich**: gemütlich □ **unheimlich wurde ihm zumute**: er empfand eine unbestimmte Angst
diese gastlichen V. getroffen hatte: diese Mahlzeit vorbereitet hatte □ **mächtig**: sehr groß □ **Schinkenbein**: Schinken am Knochen □ **Krug**: Karaffe □ **war es <u>mit</u> seiner Ruhe zu Ende**: begann, unruhig zu werden
trank auf das Wohl des unsichtbaren G.: sagte "Prosit" dem G. *(hôte)*, den er nicht sah □ **köstlich**: sehr gut, lecker □ **ließ sich...schmecken**: aß mit Appetit □ **vorsorglich**: vorsichtshalber

jeden Augenblick: jeden Moment
geschehen: passieren
tatsächlich: in der Tat, wirklich
nachgeschenkt: sein Glas zum zweiten Mal gefüllt □ **Kerze(n)**: in den Kandelabern stehen K. □ **flackern**: unruhig leuchten □
Pistolenhalfter: Pistoletui
vornehm: elegant □ **Radmantel**: weiter Mantel ohne Ärmel
wachsbleich: bleich wie Wachs *(cire)*

»Laßt Euch nicht stören«, sagte der Mann überaus höflich.

»Ich bin ein alter, einsamer Mann, dessen — hm — Gesundheit ihm die Freuden der Tafel verbietet. Daher gehört es zu meinen seltenen Vergnügen, liebe Gäste zu bewirten und ihnen beim Essen zuzusehen.«

Das klang recht vernünftig, und darum konnte Rupertus sich nicht erklären, warum er bei diesem freundlichen Geplauder seines Gastgebers eine derartige Beklemmung verspürte. Kaum war er sattgegessen, schützte er Müdigkeit vor und bat, sich niederlegen zu dürfen. Der freundlich-unheimliche Schloßherr zog sich sofort diskret zurück, und das beklemmende Gefühl wich wieder von Rupertus. Als jedoch sein Blick auf das Körbchen mit dem Knoblauch fiel, dachte er, daß es jedenfalls nicht schaden könne, den Rat des schönen Mädchens zu befolgen. Sorgsam legte er einen Knoblauchkreis rund um sein Bett und schlief beruhigt ein.

Er hatte noch nicht lange geschlafen, da riß ihn ein Geräusch hoch. In fahles Licht getaucht, stand sein Gastgeber vor dem Knoblauchring und versuchte zornbebend über ihn hinwegzukommen. »Weg mit dem ekelhaften Zeug!« schrie er mit wutverzerrtem Gesicht. Zwei spitze Zähne ragten zwischen den bläulichen Lippen hervor. »Wirf es aus dem Fenster, du aufsässiger Narr! Du undankbarer Hund!«

Rupertus klapperte mit den Zähnen vor Angst und spürte, wie sich seine Haare sträubten, aber er ließ den Tobenden toben und rührte sich nicht. Endlich gab der Schloßherr seine Versuche, über die Knoblauchsperre zu kommen, auf und zog sich knurrend zurück. Rupertus

überaus: ganz besonders

ein einsamer Mann ist allein
Gesundheit: cf. gesund (hier: schlechte G.) □ **Tafel**: Tisch
selten ≠ oft □ **Vergnügen**: Freude
jdn **bewirten**: ihm zu essen und trinken geben □ **beim Essen**: während er ißt □ **klang** (< klingen) **vernünftig**: schien sinnvoll

Geplauder: Gespräch □ **eine derartige Beklemmung verspürte**: ein solches Angstgefühl hatte
schützte M. vor: sagte, er sei müde
Schloßherr: Besitzer des S. □ **zog sich...zurück** < zurückziehen: verließ das Zimmer
wich...von < weichen: verschwand (< verschwinden)

jedenfalls: auf jeden Fall, schließlich □ **nicht schaden**: nichts Schlimmes bringen ⌀ den Rat befolgen: dem Rat folgen
beruhigt: ohne Sorgen
da riß ihn ein Geräusch hoch: er hörte etwas und richtete sich auf □ **fahl**: wie das Licht des Mondes □ **getaucht** < tauchen: *plonger* □ **...ring**:... kreis □ **zornbebend**: zitterte vor Zorn
über ihn hinwegkommen: über den Ring treten □ **weg mit dem ekelhaften Zeug!**: dieses widerliche Ding soll verschwinden
ragten...hervor: kamen...hervor □ **bläulich**: ein bißchen blau
aufsässig: störrisch, stur
Narr: Dummer, Tor
klapperte mit den Zähnen: seine Z. stießen (schlugen) aneinander □ **sträubten sich**: richteten sich auf
der Tobende: cf. toben: wütend sein □ **rührte**: bewegte
gab...seine Versuche...auf: versuchte nicht mehr □ **...sperre**: *barrage* □ **knurrend**: wie ein Hund, wenn er angreifen will

war zu erschöpft, um sich länger wach zu halten, und schlief wieder ein.

Am nächsten Morgen im hellen Sonnenlicht, als er die Augen aufschlug, stand eine weitaus freundlichere Erscheinung an seinem Lager: das schöne Mädchen vom Vortag, das ihm das Körbchen mit dem Knoblauch geschenkt hatte.

»Was bin ich froh«, rief sie, und ihre Stimme klang wie eine helle Glocke, »daß Euch nichts zugestoßen ist!«

Er berichtete ihr von den Abenteuern der Nacht, und sie erzählte ihm, daß vor langer Zeit im Umkreis dieser Burg ein blühendes Dorf gelegen war. Dann aber hatte der Graf eine schöne Fremde geheiratet, die ein Vampir gewesen war, ihn auch zum Vampir gemacht hatte und dann gemeinsam mit ihm Nacht für Nacht ins Dorf gekommen war, um sich vom Blut der Dorfbewohner zu nähren. Ihre Opfer waren bleicher und bleicher geworden, waren gestorben und selbst zu Vampiren geworden. Die anderen Bewohner hatten die Flucht ergriffen, und so war das Dorf allmählich verödet.

»Nur meine Großmutter ist mit mir zurückgeblieben«, beendete das Mädchen seine Erzählung. »Sie ist eine harte, gottlose Frau, die weder Tod noch Teufel fürchtet und von den Untoten verschont zu bleiben glaubt, wenn sie Reisende in diese Falle lockt.«

Nachdem sie geendet hatte, schwieg Rupertus eine Weile, so unwahrscheinlich kam ihm das alles vor. »Kann man Vampire nicht unschädlich machen?« fragte er schließlich.

»Doch«, meinte das Mädchen. »Nur müßte da einer in die Gruft hinabsteigen, ihnen Pfähle durch das Herz

erschöpft: sehr müde □ **sich wach halten** ≠ schlafen
schlief wieder ein < einschlafen: begann wieder zu schlafen
hell: ≠ dunkel
aufschlug < aufschlagen: aufmachte □ **weitaus**: viel mehr
Erscheinung: cf. erscheinen □ **Lager**: Bett
vom Vortag: vom vorigen Tag

Stimme: sie sprach; man hörte ihre S. □ **klang** < klingen
nichts zugestoßen ist < zustoßen: kein Unglück geschehen ist

berichtete: machte einen Bericht; erzählte □ **Abenteuer**: was er in der Nacht erlebt hatte □ **im Umkreis**: in der Nähe
blühend: reich, gutgehend
Graf: wie der Graf von Monte Cristo □ **die Fremde** kam aus einer anderen Gegend
gemeinsam: zusammen □ **Nacht für N.**: eine Nacht nach der anderen □ **Blut**: ist rot und fließt in den Venen □ **die Dorfbewohner**: wohnen im Dorf □ **sich vom B....nähren**: das B. trinken; das Blut war ihre Nahrung
hatten die Flucht ergriffen < ergreifen: waren weggelaufen
verödet: menschenleer
zurückgeblieben: im Dorf geblieben

die gottlose F. glaubt nicht an Gott □ **Teufel**: Satan
verschont bleiben: nicht angegriffen werden

eine Weile: ein paar Minuten □ **unwahrscheinlich**: unglaublich
unschädlich machen: ihm die Möglichkeit nehmen, gefährlich zu werden □ **schließlich**: endlich
einer: jemand
Gruft: Krypta □ **Pfahl(¨e)**: zugespitzter großer Stock

rammen und sie am besten noch verbrennen. Aber wer wagt das schon!«

Sie sagte das so hoffnungslos traurig und war dabei so schön anzusehen, daß Rupertus plötzlich eine ungeheure Kraft in sich spürte.

»Wo ist die Gruft?« fragte er. Und er stieg beherzt in das finstere Gelaß, das ihm das Mädchen bezeichnete. Er mußte viele Stufen hinabsteigen und durch lange Gänge gehen, in denen jeder seiner Schritte unheimlich widerhallte. Beim Eingang zur Gruft wäre er beinahe über eine Leiche gestolpert. Er hielt die Fackel näher und sah einen bleichen Mann mit langen spitzen Eckzähnen vor sich liegen, ähnlich seinem nächtlichen Besucher von gestern. Und als er weiter in den Raum schritt, sah er noch mehrere kreuz und quer durcheinanderliegen, Männer und Frauen, Alte und Junge, wie tot und dennoch nicht tot, sie konnten jede Nacht zum Leben erwachen und hinaufsteigen in die Turmstube und nach seinem Leben trachten.

»Woher nehme ich so viele Pfähle?« hörte er plötzlich jemanden seufzen. Er fuhr erschrocken herum, sah aber niemanden und merkte erst jetzt, daß er selbst diese mutlose Frage gestellt hatte. Am liebsten wäre Rupertus davongelaufen, um sich auf sein Pferd zu setzen und zu reiten, bis er weit weg von hier und sicher daheim bei seiner Mutter war. Aber dann dachte er an das Mädchen, nahm all seinen Mut zusammen und tastete sich wieder zurück ans Tageslicht.

»Ich brauche eine Axt«, sagte er. Dann begann er Bäume zu fällen und Pfähle zuzuspitzen. Aber das Holz war zäh, und das Harz wurde wie durch Zauberei immer

Das Schloß der Vampire

rammen: tief und fest einstoßen □ **verbrennen**: durch Feuer zerstören □ **wagt**: hat den Mut dazu
hoffnungslos traurig: verzweifelt
eine ungeheure Kraft in sich spürte: sich sehr kräftig (stark) fühlte
beherzt: unerschrocken, tapfer, mit viel Mut
das finstere Gelaß: das dunkle Zimmer □ **bezeichnete**: zeigte
eine Treppe hat **viele Stufen**
Gang("e): Korridor □ er ging, man hörte seine **Schritte**
widerhallen: cf. Widerhall = Echo □ **beinahe**: fast
Leiche: Körper eines Toten □ **Fackel**: *flambeau*

Eckzahn("e): die zwei Zähne, die bei den Vampiren lang und spitz sind
schritt < **schreiten**: ging □ **kreuz und quer**: *en tous sens*

dennoch: doch
zum Leben erwachen: wieder lebendig werden
nach seinem Leben trachten: versuchen, ihn zu töten

fuhr...herum < **herumfahren**: drehte sich um □ **erschrocken**: voller Angst
am liebsten: sehr, sehr gern
davongelaufen: von diesem Ort weggelaufen

sicher: in Sicherheit □ **daheim**: zu Hause
dachte < **denken** (an + Acc) □ **nahm seinen Mut zusammen** < **zusammennehmen**: versuchte, tapfer zu sein □ **tastete sich...ans Tageslicht**: ging vorsichtig hinaus ins Helle
Axt: damit kann man einen Baum fällen: *hache* □ **begann** < **beginnen** □ **fällen**: zum Fallen bringen
zäh: klebrig □ **Harz**: *résine* □ **Zauberei**: Magie

wieder hart wie Stein. Erst gegen Abend hatte er ein halbes Dutzend Pfähle entsprechend hergerichtet und schleppte sie in die Gruft hinunter. Das Mädchen hielt ihm dabei die Fackel. Es zitterte am ganzen Körper, als Rupertus zu dem ersten Untoten ging, den Pfahl hochhob und auf dessen Herz zielte. Dann rammte er ihn tief in das weiche, nachgiebige Fleisch; auch er zitterte am ganzen Leib und sprang zu dem Mädchen hin und klammerte sich an ihr fest, so wie sie sich an ihn klammerte, denn ein schauerliches Stöhnen entrang sich der Brust des Sterbenden und erfüllte den ganzen Raum. Und verebbte allmählich, wie auch das Blut, das aus der Wunde sprudelte, allmählich versiegte.

Einem nach dem andern trieb er so einen Pfahl in die Brust. Aber als er den letzten in der Hand hielt und zustoßen wollte, merkte er, daß die Lider des Vampirs zu zittern begannen, und im nächsten Augenblick schrie auch das Mädchen auf: »Komm! Schnell!«

Er ließ den Pfahl fallen, und sie hasteten die Stufen hinauf, stolperten, rafften sich wieder auf, rannten weiter, flüchteten in die Turmstube in den schützenden Knoblauchkreis. Es war inzwischen Nacht geworden, und diesmal kam nicht nur der Schloßherr in ihr Zimmer, sondern es kamen auch noch andere: eine verlockend schöne Frau, die ihm Reichtum und Glück verhieß, wenn er zu ihr käme, ein riesiger Bauer, der ihn in Stücke zu reißen drohte. Die ganze Nacht umlagerten sie die beiden, winselten, bettelten, versprachen und drohten.

Als am Morgen der Spuk vorbei war, ging Rupertus wieder in den Wald, um die nächsten Pfähle vorzubereiten, und es brauchte noch einen dritten Tag und eine

ein halbes Dutzend: sechs □ **entsprechend**: genauso □ **hergerichtet**: fertiggemacht □ **schleppte**: zog sie mit großer Mühe her

hochhob < hochheben □ **auf dessen Herz zielte**: den Pfahl auf das Herz des Untoten richtete □ **nachgiebig**: elastisch
am ganzen Leib: am ganzen Körper
klammerte sich ...fest: hielt (< halten) sich...fest
schauerlich: schrecklich, entsetzlich □ **Stöhnen**: lautes Seufzen □ **entrang sich der Brust** < entringen: kam aus der B. hinaus
verebbte allmählich: nahm nach und nach ab
Wunde: Verletzung □ **sprudelte**: spritzte auf □ **versiegte**: hörte auf zu fließen □ **trieb** < treiben: schlug hinein

zustoßen: hineinschlagen □ **die Lider** bedecken die Augen beim Schlafen

hasteten...hinauf: gingen schnell...hinauf
rafften sich...auf: richteten sich schnell...auf □ **rannten** < rennen □ **flüchteten**: flohen < fliehen □ **schützend**: der K. behütete sie vor der Gefahr □ **inzwischen**: in der Zwischenzeit

verlockend: anziehend, verführerisch □ **Reichtum** < reich ≠ arm □ **verhieß** < verheißen: versprach □ **riesig**: sehr groß
in Stücke zu reißen drohte: die Absicht hatte, ihn zu zerstückeln (töten) □ **umlagerten**: waren um sie herum □ **winselten**: klagten, weinten
Spuk: Gespenst, Phantom

einen dritten T.: cf. drei

dritte Nacht, bis das schaurige Werk getan war. Dann legte er auf Geheiß des Mädchens ein Feuer an die Reste des Schlosses.

Auf der Paßhöhe wandte er sich noch einmal im Sattel um und blickte zu dem Burghügel hinüber, auf dem die letzten Dachsparren verglosten.

»Meine Heimat wird dir gefallen«, sagte er tröstend zu dem schönen Mädchen, das hinter ihm im Sattel saß und wie er in das Tal hinunterblickte, wo einst das blühende Dorf gestanden war. »Meine Mutter wird dich liebhaben, und du brauchst dich nie wieder zu fürchten.« — Dann gab er dem Pferd die Sporen.

schaurig: gruselig, schrecklich ☐ **Werk:** Arbeit
auf Geheiß: auf Befehl

Paßhöhe: höchster Punkt eines Passes *(col)* ☐ **wandte sich...um**
< sich umwenden: drehte sich...um ☐ **im Sattel** sitzt der Reiter
Dachsparren: *chevrons* ☐ **verglosten:** hörten auf zu brennen
tröstend: beruhigend (weil sie traurig war)

einst: damals

liebhaben: lieben ☐ **zu fürchten:** Angst zu bekommen
gab er dem Pferd die Sporen: gab einen Stoß mit den Sporen
(éperons), damit das Pferd schneller lief

Grammaire au fil des nouvelles

Les références placées après chaque rubrique grammaticale renvoient à la Grammaire active de l'allemand ; *les chiffres placés après chaque phrase renvoient aux pages et aux lignes du texte.*

Rétablir la forme de politesse actuelle **(pp. 20, 102)**.

Ihr könnt Euch einen Batzen Geld verdienen (80-16). Ein Glück, daß ich *Euch* noch erreicht habe (82-28). Aber *habt Ihr* nie von den Vampiren gehört? (84-3). *Meidet* das Schloß und *reitet* weiter, so rasch *Ihr* könnt! (84-13, 14). *Nehmt* das und *legt* es im Kreis um *Euer* Bett! (84-28, 29). *Laßt Euch* nicht stören! (88-1). Was bin ich froh, daß *Euch* nichts zugestoßen ist! (90-9)

Infinitif avec ou sans "zu" **(p. 294)**.

Traduire les phrases suivantes :

L'obscurité se mit à *tomber* (78-20). Il vit *sortir* une vieille femme (80-4). Qu'est-ce que tu as à *traîner* ici ? (80-7). Il essaya de la *calmer* (80-11). Elle sembla *avoir* une nouvelle idée (80-24). Il crut *voir* un chat sauvage devant lui (82-20, 21). Il put *ouvrir* la petite chambre avec la clé (86-10). Il entendit quelqu'un *soupirer* (92-21). Il laissa *tomber* le pieu (94-19). Tu n'as pas besoin d'*avoir* peur (96-11). Il prit le cadeau *pour ne pas vexer* la jeune fille (86-2). Il continua son chemin *non sans se retouner* une dernière fois (86-4).

Les prépositions toujours suivies du datif **(p. 200)**.

Il voulait retourner *chez* sa mère (78-13). Une femme *aux* traits de sorcière (80-3). Je n'ai pas besoin de récompense *de* sa part (80-25). Il sortit une pièce *de* sa bourse (80-27). Il porta la main *à* son pistolet (82-21). J'aime regarder les gens *manger* (+ inf. Subs.) (88-6).

Rolf Breitenstein

Einer, der auszog*, das Fürchten* zu lernen

Das nachstehende Märchen ist eine Parodie auf das bekannte Märchen von Grimm. Es war einmal ein deutscher Junge, der keine Angst hatte. Da beschloß der Familienrat, ihn die Angst zu lehren. Die Ursachen der Angst sind aber jetzt anders geworden: es sind Arbeitslosigkeit, Inflation, Krieg, Umweltverschmutzung... In traditioneller Erzählform greift der Autor ganz aktuelle Themen auf, und zwar mit viel Humor.

Dr. Rolf Breitenstein, 1932 in Kassel geboren, leitet zur Zeit das Referat Medienpolitik in der Kulturabteilung des Auswärtigen Amtes und ist nebenbei durch Wirtschafts- und Gesellschaftssatiren bekannt geworden. Die Titel seiner Werke sind schon vielsagend: "Wir müssen nicht im Dreck ersticken", "Das Kartoffel-Theorem" "Die menschliche Revolution" u. a... In "Märchen für Manager" und "Eulenspiegel für Manager" analysiert und parodiert R. Breitenstein andere bekannte Märchen und Kurzgeschichten.

---

*auszog < ausziehen: fortgehen (meistens, um Abenteuer zu erleben) □ **Fürchten**: Angst.

Es war einmal ein deutscher Junge, der machte seinem Vater großen Kummer. Nicht, daß der Junge sich die Haare grün gefärbt hätte, haschte oder homosexuell gewesen wäre, nein, er hatte naturblondes Haar, trank gelegentlich ein Bier und war nett zu seiner Freundin.

»Ein guter Junge«, sagten die Leute.

»Er macht mir schrecklichen Kummer«, sagte der Vater.

»Wie das?«

»Der Junge hat keine Angst.«

»Ein Deutscher, der heutzutage keine Angst hat? Unmöglich!«

»Er paßt nicht in unsere Gesellschaft«, stöhnte der Vater. »Wenn er wenigstens Angst zeigen würde und ein bißchen mitreden, wenn über unsere Angst diskutiert wird.«

»Angst ist lernbar«, sagte Onkel Gustav. Der Familienrat beschloß, der Junge müsse nach dem Abitur in eine Lehre gehen, weil mit den Azubis jetzt wieder kräftig umgesprungen wird.

»Davor habe ich keine Angst«, sagte der Junge und machte seine Lehre, brav und fleißig. Der Familienrat wollte es kaum glauben. Aber Tante Gerda hatte eine Idee und sprach den Jungen an: »Wenn du mit der Lehre fertig bist, wirst du nicht übernommen. Du wirst arbeitslos! Ist das nicht fürchterlich?«

»Davor habe ich keine Angst«, sagte der Junge. »Arbeitslosigkeit ist keine Schande.«

Der Familienrat tröstete sich: »Jetzt kommt er erst einmal zur Bundeswehr. Da werden sie ihm die Hammelbeine langziehen. So lasch wie früher geht es ja

Kummer: der Vater machte sich Sorgen um ihn □ **nicht, daß:** nicht, weil □ **gefärbt:** cf. Farbe, wie grün, rot, blau... □ **haschen:** Haschisch rauchen
gelegentlich: von Zeit zu Zeit ☒ **nett zu** (+ Dativ!)

schrecklicher K.: sehr großer K.

heutzutage: heute, in unserer Zeit
unmöglich ≠ möglich; undenkbar
Gesellschaft: Gruppe von Menschen □ **stöhnte:** klagte, lamentierte □ **wenigstens:** nur □ **ein bißchen:** ein wenig
mitreden: mit den anderen sprechen

A. ist lernbar: man kann sie lernen □ **Familienrat:** die Erwachsenen der Familie bilden den F. □ **Abitur:** Prüfung am Ende der Gymnasiumszeit □ **Azubis:** junge Leute, die in eine Lehre treten □ **mit den A. wird umgesprungen** (< umspringen): A. werden nicht gut behandelt

kaum: fast nicht

du wirst nicht übernommen (< übernehmen): niemand gibt dir eine Arbeitsstelle □ **arbeitslos:** ohne Arbeit

A. ist keine Schande: man braucht sich dessen nicht zu schämen
tröstete (sich): beruhigte sich □ **kommt zur Bundeswehr:** macht seinen Militärdienst
ihm die H. langziehen: ihn hart behandeln

bei der Bundeswehr nicht mehr zu.«

»Davor habe ich keine Angst«, sagte der Junge. »Bei der Bundeswehr kann ich etwas lernen, und Krieg gibt es ja doch nicht.«

Als er seinen Wehrdienst abgeleistet hatte, gab es eine Familienfeier. Der Junge war niedergeschlagen. »Ich fühle mich ausgesperrt«, klagte er. »Alle meine Kameraden hatten Angst: vor dem Chef, vor den Russen oder einfach so. Ich nicht. Bin ich nun ein schlechter Deutscher?«

Die Eltern, Geschwister, Onkels und Tanten, die alle Angst hatten, vor Inflation und Arbeitslosigkeit, vor Krebs und Krieg, die meisten viele Ängste zugleich, wußten nicht, was sie sagen sollten. Aber Onkel Fritz, der kürzlich Pleite gemacht hatte und in Scheidung lebte, hatte einen Rat: »Du mußt heiraten und selbständig ein Geschäft aufmachen. Mit einer Frau und den Steuerbescheiden vom Finanzamt wird dir bald angst und bange werden.«

Der Junge eröffnete ein Geschäft und heiratete. Die Kasse stimmte, die Frau erwartete ein Kind, nur eines fehlte ihm zum Glück: die Angst.

Ein Nachbar gab ihm unter vier Augen einen Tip: »Tritt der F.D.P. bei, und du kommst aus dem Schlottern nicht mehr heraus!«

Der Junge tat es, wurde Kreisvorsitzender, und bei der nächsten Wahl erhielt die F.D.P. in seinem Kreis 56,3 Prozent. Der Bundesvorstand in Bonn meinte, das Computer-Zählwerk habe durchgedreht.

»Nun weiß ich immer noch nicht, was Angst ist«, klagte der Junge seiner Frau. Sie holte sich aus der Stadtbücherei Grimms »Kinder und Hausmärchen«, stu-

davor: vor der Bundeswehr
Krieg: cf. der erste Weltkrieg 1914-1918

als er seinen W. abgeleistet hatte: nach seinem Militärdienst
Familienfeier: ...fete ☐ **niedergeschlagen:** deprimiert
ausgesperrt: ausgeschlossen; er ist nicht wie die anderen
☐ **Angst haben vor** (+ Dativ!)

Geschwister: Brüder und Schwestern
Arbeitslosigkeit: cf. arbeitslos
Krebs: Krankheit *(cancer)* ☐ **zugleich:** gleichzeitig, zur gleichen Zeit
Pleite: Bankrott ☐ **lebte in Scheidung:** war von seiner Frau getrennt ☐ **Rat:** *conseil* ☐ **heiraten:** eine Ehefrau nehmen ☐ **selbstständig ein G. aufmachen:** *s'établir à son compte* ☐ **Steuerbescheid(e):** Formular vom Finanzamt ☐ **angst und bange werden:** große Angst bekommen

die K. stimmte: der Gewinn war gut ☐ **eines:** ein einziges Ding
zum Glück: um glücklich zu sein
der Nachbar wohnt neben ihm ☐ **Tip:** Rat
F.D.P.: eine politische Partei in Deutschland ☐ **du kommst aus dem S....heraus:** du wirst nicht aufhören, zu zittern
Kreisvorsitzender: Präsident eines Kreises *(canton)*
Wahl: cf. wählen; der Präsident wird gewählt
Bundesvorstand: *conseil administratif fédéral*
das Computer-Z. habe durchgedreht: der Computer sei defekt und zähle die Stimmen falsch aus

Stadtbücherei: Bibliotek der Stadt

dierte »Das Märchen von einem, der auszog, das Fürchten zu lernen« und beschloß, ihrem Mann ebenso zu helfen, ohne Rücksicht auf Kosten und Ärger. Sie telefonierte mit einem Fischer an der Küste und ließ sich von ihm 50 Liter Meerwasser mit frischgefangenen Fischen schicken, im praktischen Plastikbehälter. Als ihr Mann abends im Bett lag und wieder einmal murmelte, er möchte so gern wissen, was Angst sei, schüttete sie die Brühe über ihn.

Er schrak auf, aber dann lachte er nur, denn »Das Märchen von einem, der auszog, das Fürchten zu lernen« kannte er auch. »Gute Frau«, sagte er, »das ist lieb von dir gedacht, aber so machst du mir keine Angst.«

Er knipste die Nachttischlampe an. Da sah er die Fische, und plötzlich schrie und wimmerte er fürchterlich: »Das ist ja schrecklich! Ich kann das nicht mehr sehen! Ich habe Angst, Himmel, habe ich Angst!« Die Fische, die in dem öligen Wasser zwischen leeren Bierdosen und Plastikfetzen mühselig zappelten, hatten einen ekligen Belag auf den Schuppen, blinde Augenhöhlen, die Kiemen von Teer verklebt, und fast alle hatten Schwären, häßliche Auswüchse, gräßliche Tumore.

Der Mann und die Frau dachten an ihr ungeborenes Kind, sie hatten schreckliche Visionen und klammerten sich furchtsam aneinander. Und wenn sie nicht vor Angst gestorben sind, dann werden sie es vielleicht noch erleben, daß ihre Schauervisionen in Erfüllung gehen.

beschloß < beschließen: entscheiden
ohne Rücksicht auf K. und Ä.: ganz egal, daß es sie viel Geld kostet und ihr keine Freude machen würde □ **die Küste liegt am Meer entlang** □ **frischgefangene F.** wurden eben gefangen (gefischt) □ **Behälter**: wie Flaschen, Eimer, Container
murmelte: redete leise vor sich hin
schüttete: leerte den Behälter, goß (< gießen)
Brühe: schmutziges Wasser (hier)
schrak auf < aufschrecken: zuckte zusammen; wurde plötzlich in Angst versetzt

lieb von dir gedacht: nett von dir

knipste...an < anknipsen: schaltete... ein
wimmerte: klagte leise, lamentierte
schrecklich: furchtbar, widerlich, scheußlich
Himmel!: mein Gott!
im öligen Wasser ist Öl *(mazout)*
...fetzen:...stücke □ **zappelten**: bewegten sich schnell hin und her □ **hatten einen ekligen B.**: waren mit etwas Ekelhaftem belegt □ **Schuppen**: *écaille* □ **Augenhöhle**: *orbite* □ **Kiemen** *ouïes* □ **Schwäre(n)**: *abcès* □ **Auswuchs(¨e)**: Beule(n) ⌧
gräßlich: häßlich ≠ schön
ihr ungeborenes K. ist noch nicht zur Welt gekommen
klammerten sich...aneinander: jeder hielt sich an dem anderen fest

Schauer...: Schreck... □ **in Erfüllung gehen**: wahr werden

Grammaire au fil des nouvelles

Les références placées après chaque rubrique grammaticale renvoient à la Grammaire active de l'allemand ; *les chiffres placés après chaque phrase renvoient aux pages et aux lignes du texte.*

Le subjonctif II (pp. 62, 80).

Non pas que le garçon *se teignît* les cheveux en vert, non pas qu'il *fût* homosexuel (100-3,4). Si au moins il *manifestait* un peu de peur ! (100-14). Il lui murmura qu'il *aimerait* tellement savoir ce qu'était (subj.I) la peur (104-8).

Adjectifs et verbes employés avec une certaine préposition (Annexes pp. 351 à 369).

Il était *gentil avec* son amie (100-5). Quand tu auras *fini* ton apprentissage (100-25). C'est *gentil de ta part* ! (104-13). Il ne *cadre pas avec* la société (100-13). Il devrait entrer *en apprentissage* (100-19). Tout le monde a *peur : du* mariage, *du* chômage, *du* chef, *de* la politique...Moi je n'ai pas *peur de* tout cela (102-8...). Elle *téléphona à* un pêcheur (104-4).

Formation des adjectifs (p. 162).

La peur, ça *s'apprend* (100-17). Tu seras *chômeur* (100-26). N'est-ce pas *terrible* ? (100-26). *Récemment* l'oncle avait fait faillite (102- 15). Les poissons frétillaient *péniblement* dans l'eau *mazoutée* (104-19, 20). Leurs écailles étaient recouvertes d'une couche *dégoûtante* et de tumeurs *affreuses* (104-23). Ils pensèrent à leur enfant *qui n'était pas encore né* (104-25). Ils se cramponnèrent l'un à l'autre, *apeurés* (104-27).

Gretel und Wolfgang Hecht
Dietrichs Jugend

Neben Siegfried, dem bekannten Helden deutscher Sagen, ist Dietrich von Bern, dessen Jugend hier von G. und W. Hecht nacherzählt wird, eine wichtige Figur der germanischen Heldensagen. Diese Sagen entstanden während der Völkerwanderungszeit und gingen jahrhundertelang von Mund zu Mund. Später, im Mittelalter, wurden sie Inhalt der mittelhochdeutschen Heldenepen. In dieser Form sind sie uns auch überliefert.

In den vielen Erzählungen, die um die Person von Dietrich von Bern kreisen, spiegelt sich das Leben eines Herrschers der Völkerwanderungszeit, des Ostgotenkönigs Theoderichs des Großen, der von 471 bis 526 lebte.

Wolfgang Hecht wurde in Halle an der Saale geboren. Dort studierte er Germanistik, Kunstgeschichte und Philosophie; 1952 promovierte er zum Doktor der Philosophie. Er war ab 1963 Mitarbeiter der Nationalen Forschungs- und Gedenkstätten der klassischen deutschen Literatur in Weimar, wo er 1984 starb.

Seine Frau, Gretel Hecht, war Oberschullehrerin und später Berufschullehrerin. Sie lebt in Weimar.

Außer den "Deutschen Heldensagen" veröffentlichte das Ehepaar die Nacherzählungen: "Die Nibelungen" und "Deutsche Spielmannsdichtungen des Mittelalters".

Als König Dietwart das Ende seines Lebens herannahen fühlte, teilte er das Reich der Amelungen unter seine drei Söhne Ermanerich, Diether und Dietmar. Ermanerich wurde König in Rom, Diether erhielt das Land um die Stadt Breisach, Dietmar erbte das Lampartenland und hatte seinen Herrschersitz in der Burg zu Bern.

Zwei Söhne hatte König Dietmar, die Dietrich und Diether hießen. Dietrich tat sich schon als Knabe unter seinen Altersgenossen hervor, und niemand kam ihm gleich an Größe, Mut und Kraft. Er war der ältere von Dietmars Söhnen, und als er zu seinen ersten Heldentaten ausritt, war sein Bruder Diether noch ein Kind.

Um diese Zeit wuchs dem Herzog von Garten ein Sohn namens Hildebrand heran. Im ganzen Land war er berühmt für seine Kühnheit und seine Klugheit. Als Hildebrand dreißig Jahre alt geworden war, trat er vor seinen Vater und sprach:

»Ich will nicht zeitlebens untätig auf unserer Burg sitzen, sondern mich mit tapferen Helden im Kampfe messen.«

Und als sein Vater fragte, wohin er reiten wolle, antwortete Hildebrand: »Nach Bern zu König Dietmar, denn er ist der mächtigste König, und an seinem Hofe leben die stärksten Recken.«

Der Herzog lobte den Entschluß seines Sohnes und rüstete ihn reich aus für die Fahrt. Dann nahm Hildebrand Abschied und ritt nach Bern. König Dietmar empfing ihn mit großen Ehren, und bald setzte er ihn zum Erzieher und Waffenmeister über seinen Sohn Dietrich, der damals gerade fünf Jahre alt war.

Viele Jahrzehnte blieb Hildebrand Dietrichs Waffenmeister, und niemals sah man eine treuere Freundschaft

König: wie Ludwig der XIV. ☐ **herannahen:** kommen
teilte das Reich unter seine 3 Söhne: jeder Sohn bekam ein Teil des Landes
erhielt < erhalten: bekommen
erbte: cf. Erbe *(héritage)*
Herrschersitz: Wohnsitz des Königs ☐ **Burg:** cf. die Burgruinen am Rhein entlang; aber das Renaissanceschloß!
tat sich...hervor < sich hervortun: sich aufzeichnen ☐ **Knabe:** Junge ☐ **Altersgenosse(n):** Kamerad(en) so alt wie er
kam ihm gleich an G., M. und K.: war so groß, mutig und kräftig wie er ☐ **Heldentat:** Leistung eines Helden *(héros)*
ausritt < ausreiten: auf seinem Pferd fortging
wuchs...heran < heranwachsen: wurde groß ☐ **Herzog:** wie der H. von Brabant, der H. von Guise ☐ **namens H.:** sein Name war H. ☐ **berühmt:** sehr bekannt ☐ **Kühnheit:** Tapferkeit, großer Mut ☐ **trat vor seinen Vater:** ging zu seinem V.

zeitlebens: mein ganzes Leben ☐ **untätig:** ohne etwas zu tun ≠ tätig ☐ **tapfer:** mutig ☐ **mich...im Kampfe messen:** ...um zu sehen, wer de stärkste ist

der mächtigste < mächtig: machtvoll, wichtig, groß
Recke (poét.): Held
lobte den Entschluß: der E. (cf. sich entschließen) gefiel ihm
rüstete ihn aus < ausrüsten: gab ihm alles (auch Waffen), was er brauchte ☐ **nahm...Abschied:** sagte »auf Wiedersehen«
empfing < empfangen: begrüssen
setzte ihn zum E. und W.: engagierte ihn als Lehrer und Waffenmeister *(maître d'armes)*
zehn Jahre bilden ein **Jahrzehnt**
treuere F. < treu: die Freundschaft dauerte sehr lange

zwischen zwei Männern.

Eines Tages ritten Dietrich und Meister Hildebrand zur Hirschjagd. Gerade hatten sie ein schönes Tier aufgestöbert und wollten es verfolgen, als Dietrich plötzlich einen Zwerg im Dickicht sah. Blitzschnell riß er seinen Hengst herum, und ehe der Zwerg noch in seine Höhle schlüpfen konnte, hatte er ihn gepackt und aufs Pferd gehoben. Ein guter Fang war ihm gelungen, denn kein anderer als Alberich, der kunstfertigste Schmied aller Zwerge, zappelte in seinen Händen.

»O Herr«, jammerte der Zwerg, als Dietrich ihn festhielt, »laßt mich frei, und ich werde Euch den Weg zu größeren Reichtümern zeigen, als Ihr je gesehen habt. Nicht weit von hier haust der Riese Grim mit seiner Frau Hilde, die einen gewaltigen Schatz hüten. Wenn Ihr beide besiegt, gehört er Euch. Auch besitzen die Riesen das Schwert Nagelring. Nie hat ein Held ein besseres und schärferes Schwert geführt; ich selbst habe es geschmiedet. Zwar hat der Riese die Kraft von zwölf Männern, und seine Frau ist gewiß noch stärker, doch ich will Euch das Geheimnis verraten, wie Ihr die Riesen bezwingen könnt: Nur wer das Schwert Nagelring besitzt, kann sie töten. Das aber ist eine größere Tat und wird Euch mehr Ruhm bringen, als wenn Ihr mich kleinen Wicht erschlagt.« Dietrich ließ sich von Alberichs Bitten jedoch nicht erweichen, sondern antwortete: »Niemals entkommst du mir, es sei denn, du schwörst zuvor, mir heute noch das Schwert Nagelring zu verschaffen und mir den Weg zu den Riesen und ihren Schätzen zu zeigen.«

Und erst als Alberich geschworen hatte, ließ Dietrich ihn los.

ritten < reiten
Hirschjagd: Hirsche *(cerfs)* wurden gejagt
aufgestöbert: das Tier entdeckt
Zwerg: Kobold, Gnom ☐ **Dickicht**: Unterholz ☐ **blitzschnell**: sehr schnell ☐ **Hengst**: männliches Pferd ☐ **ehe**: bevor
Höhle: Loch im Felsen, wo er wohnt ☐ **schlüpfen**: hereingehen
gehoben < heben: gesetzt, getragen ⊘ **...war ihm gelungen** < gelingen ☐ **kunstfertig**: geschickt und begabt ☐ **der Schmied** formt Waffen mit dem Hammer ☐ **zappelte**: wie ein Fisch, wenn er gefangen wird ☐ **jammerte**: klagte, lamentierte
festhielt < festhalten ⊘ **laßt!**: jetzt: lassen Sie!
Reichtum(¨er): Schatz ☐ **je**: jemals, bis jetzt ⊘ **Ihr habt**: Sie haben ☐ **haust**: wohnt ☐ **Riese** ≠ Zwerg
gewaltig: sehr groß ☐ **hüten**: bewachen
wenn ihr beide besiegt:...im Kampf gegen sie gewinnt
Schwert: Stichwaffe; cf. das S. des Damokles
schärfer < scharf: schneidend
geschmiedet: geformt; Waffen werden von dem Schmied geschmiedet ☐ **gewiß**: sicher
ein **Geheimnis verraten**: etwas weiter sagen, was heimlich war
bezwingen: besiegen

Ruhm: große Ehre, Glorie
Wicht: Zwerg, Kobold ☐ **erschlagt**: tötet (durch Schlag)
...erweichen:...überreden
...entkommst du mir: fliehst weg von mir ☐ **schwörst**: versprichst ☐ **zuvor**: zuerst
verschaffen: besorgen, geben

⊘ es ist <u>erst</u> 4 Uhr; ich habe <u>nur</u> 2 Bonbons

Am Abend rasteten Dietrich und Meister Hildebrand im Walde und warteten auf Alberich. Endlich kam er, brachte das Schwert und sagte zu Dietrich:

»Dort drüben ist die Höhle, in der die Schätze liegen, von denen ich sprach, und man wird Euch zu den größten Helden zählen, wenn Ihr sie in Euren Besitz bringt. Mich aber sollt Ihr niemals wiedersehen.«

Damit war der Zwerg spurlos verschwunden. Dietrich und Hildebrand zogen das Schwert Nagelring aus der Scheide und betrachteten es. Noch nie hatten sie eine schönere und schärfere Waffe gesehen. Dann banden sie die Helme fest, zückten die Schwerter und stiegen den Berg hinauf, bis sie die Höhle der Riesen erreichten. Mutig und ohne zu zögern trat Dietrich hinein; Hildebrand folgte dicht hinter ihm.

Kaum bemerkte der Riese Grim die Eindringlinge, als er nach seinem Schwert Nagelring greifen wollte. Aber er konnte es nicht finden, Alberich hatte es gestohlen. Voller Wut riß er einen brennenden Baumstamm vom Herdfeuer und schlug damit auf Dietrich ein.

Im gleichen Augenblick packte die Riesin Hilde Meister Hildebrand und hielt ihn fest umklammert, daß er sein Schwert nicht führen konnte und zur Erde stürzte. So gewaltig stemmte sie sich gegen seine Brust, daß er beinahe die Besinnung verlor. Als Dietrich sah, daß sich sein Waffenmeister in höchster Gefahr befand, schlug er mit einem gewaltigen Schwertstreich dem Riesen den Kopf herunter. Dann sprang er Hildebrand bei, um ihn aus der Umklammerung zu befreien, und hieb die Riesin in zwei Stücke. Aber im Nu wuchsen die beiden Hälften wieder zusammen. Zum zweitenmal schlug Dietrich zu, und auch diesmal ging es nicht

rasteten: ruhten aus; machten Pause

brachte < bringen
dort drüben: auf der anderen Seite (des Gebirges)

...in Euren Besitz bringt: ...nehmt

spurlos: ohne Spuren zu hinterlassen, unbemerkt
zogen (< ziehen) **das S. aus der Scheide**: nahmen es aus dem Etui
banden...fest < festbinden: befestigten
der **Helm** schützt den Kopf □ **zückten**: nahmen schnell heraus

ohne zu zögern: ohne zu warten; ohne Angst □ **trat...hinein** < hineintreten □ **dicht**: ganz nah
die **Eindringlinge** betreten einen Ort ohne Erlaubnis
nach seinem S. greifen wollte: sein S. nehmen wollte
gestohlen < stehlen
voller Wut: sehr zornig □ **riß** < reißen □ **Baumstamm**: *tronc d'arbre* □ **Herdfeuer**: Feuerstelle
packte: faßte
hielt ihn fest umklammert: ...mit den Armen fest
führen: bewegen □ **zur Erde stürzte**: auf den Boden fiel
stemmte: drückte □ **Brust**: vorderer Teil des Körpers
beinahe: fast □ **die Besinnung verlor**: ohnmächtig wurde
sich in höchster Gefahr befand: wirklich nicht in Sicherheit war
Schwertstreich:...hieb,...schlag
schlug ihm den K. herunter: schnitt ihn den K. ab
Umklammerung: Umarmung
hieb < hauen: teilen, schneiden, tranchieren □ **im Nu**: sehr schnell □ **wuchsen...zusammen** < zusammenwachsen: wurden nicht mehr getrennt

anders. Da rief Hildebrand:

»Tretet schnell zwischen die beiden Hälften, dann wird der Zauber der Riesin zerstört.«

Beim dritten Schwerthieb folgte Dietrich Hildebrands Rat, und nun erst gelang es ihm, die Riesin zu töten.

Darauf luden sie alles Gold und Silber, das in der Höhle aufgehäuft lag, auf ihre Pferde. Dietrich fand unter den Schätzen auch einen Helm, der war so kunstvoll geschmiedet, daß er jedem Schwerthieb standhielt. Die Riesen hatten den Helm zu ihrem kostbarsten Besitz gezählt und ihm sogar ihren Namen gegeben. Deshalb hieß der Helm Hildegrim. Von nun an trug ihn Dietrich in allen Kämpfen, die er noch zu bestehen hatte.

Zauber: Magie, Zauberkunst □ **zerstört**: vernichtet
dritte < drei
Rat: was Hildebrand ihm empfohlen (gesagt) hatte
luden < laden □ **Gold**: gelbes Edelmetall □ **Silber**: weißes Edelmetall □ **aufgehäuft**: im Haufen; angesammelt

kunstvoll: mit großer Kunst; sehr schön □ **standhielt** < standhalten: nicht brach □ **kostbar**: wertvoll, edel

deshalb: deswegen □ **von nun an**: seit dieser Zeit
Kämpfen < Kampf □ **zu bestehen hatte**: machen mußte

Grammaire au fil des nouvelles

Les références placées après chaque rubrique grammaticale renvoient à la Grammaire active *de l'allemand ; les chiffres placés après chaque phrase renvoient aux pages et aux lignes du texte.*

Comparatif et superlatif de l'adjectif épithète (p. 176).

C'était *le plus âgé* des fils de Dietmar (108-10). Jamais on n'avait vu entre deux hommes une amitié *plus fidèle* (108-32). Jamais un héros n'a possédé une *meilleure* épée, *plus tranchante* (110- 17,18). C'est une action *de bien plus grande envergure* (110-23). C'est le roi *le plus puissant*, à sa cour vivent les héros *les plus forts* (108-23,24). Vous compterez parmi *les plus grands héros* (112-6). Il se trouvait en *très grand* danger (112-26).

Compléments de localisation et de direction (pp. 216, 220).

Il obtint le pays *autour de la ville* de Breisach (108-4). Il était célèbre *dans tout le pays* (108-14). Je ne peux pas rester toute ma vie *au château* (108-18). Je veux aller *à Bern, chez le roi Dietmar* (108-22). Un jour ils allèrent *à la chasse* (110-3). Le nain voulut se glisser *dans sa caverne* (110-6). Il tira l'épée *de l'étui* (112-9). Hildebrand était juste *derrière lui* (112-15). Il tomba *par terre* (112-23). *Ils chargèrent l'or et l'argent sur leurs chevaux* (114-7).

Pronoms relatifs (pp. 304 à 310).

Il avait deux fils *qui* s'appelaient Dietrich et Dieter (108-7). Il devint le maître d'armes de son fils, *qui* à l'époque avait quatre ans (108-30). Là-bas se trouve la caverne *dans laquelle* se trouvent les trésors *dont* je vous ai parlé (112-4,5). Depuis lors il porta le casque dans tous les combats *qu'il* eut encore à mener (114-13).

Heinrich Böll
Unberechenbare Gäste*

Eine Erzählung von Heinrich Böll, einem der bedeutendsten Schriftsteller der Nachkriegszeit, gehört auch zu einem Band für Anfänger.

In der folgenden Satire, der Sammlung "Nicht nur zur Weihnachtszeit" entnommen, erzählt der Autor auf eine vergnügliche Weise, wie "liebe Haustiere" doch störend werden können, besonders wenn Kinder und Frau sie in zu großer Zahl in das Haus reinlassen. Das Problem des Individuums, das von der modernen Konsumgesellschaft erdrückt wird, kommt auch hier zum Vorschein.

Die Romane und Erzählungen von H. Böll spielen oft in den harten Jahren nach Kriegsende (u.a.: "Haus ohne Hüter", "Das Brot der frühen Jahre") und dann in der Zeit des Wirtschaftswunders der Bundesrepublik. Das Problem der Presse wird im Roman "Die verlorene Ehre der Katharina Blum" erwähnt. Jene drei zitierten Romane sind ziemlich leicht zu lesen.

Heinrich Böll wurde in Köln geboren. 1972 erhielt er den Nobelpreis für Literatur. Seit 1947 Mitglied der "Gruppe 47" hat er sich wie die anderen Schriftsteller dieser Gruppe stark im öffentlichen Leben der Bundesrepublik engagiert und der deutschen Nachkriegsliteratur entscheidende Impulse gegeben. Er starb im Jahre 1985.

---

*Unberechenbare Gäste sind nicht erwartet; man kann ihr Verhalten nicht voraussehen.

Ich habe nichts gegen Tiere, im Gegenteil: ich mag sie, und ich liebe es, abends das Fell unseres Hundes zu kraulen, während die Katze auf meinem Schoß sitzt. Es macht mir Spaß, den Kindern zuzusehen, die in der Wohnzimmerecke die Schildkröte füttern. Sogar das kleine Nilpferd, das wir in unserer Badewanne halten, ist mir ans Herz gewachsen, und die Kaninchen, die in unserer Wohnung frei herumlaufen, regen mich schon lange nicht mehr auf. Außerdem bin ich gewohnt, abends unerwarteten Besuch vorzufinden: ein piepsendes Küken oder einen herrenlosen Hund, dem meine Frau Unterkunft gewährt hat. Denn meine Frau ist eine gute Frau, sie weist niemanden von der Tür, weder Mensch noch Tier, und schon lange ist dem Abendgebet unserer Kinder die Floskel angehängt: Herr, schicke uns Bettler und Tiere.

Schlimmer ist schon, daß meine Frau auch Vertretern und Hausierern gegenüber keinen Widerstand kennt, und so häufen sich bei uns Dinge, die ich für überflüssig halte: Seife, Rasierklingen, Bürsten und Stopfwolle, und in Schubladen liegen Dokumente herum, die mich beunruhigen: Versicherungs- und Kaufverträge verschiedener Art. Meine Söhne sind in einer Ausbildungs-, meine Töchter in einer Aussteuerversicherung, doch können wir sie bis zur Hochzeit oder bis zur Ablegung des zweiten Staatsexamens weder mit Stopfwolle noch mit Seife füttern, und selbst Rasierklingen sind nur in Ausnahmefällen dem menschlichen Organismus zuträglich.

So wird man begreifen, daß ich hin und wieder Anfälle leichter Ungeduld zeige, obwohl ich im allgemeinen als ruhiger Mensch bekannt bin. Oft ertappe ich

Fell: Pelz, Haare eines Tieres
kraulen: sanft kratzen ☐ **auf meinem Schoß**: auf meinen Knien
☐ **den Kindern zusehen** (+ D.!)
Schildkröte: *tortue* ☐ **füttern**: zum Essen geben ☐ **Nilpferd**: Hippopotamus ☐ **Badewanne**: darin kann man ein Bad nehmen ☐ **ist mir ans Herz gewachsen**: ist mir lieb geworden
regen mich...auf: machen mich...nervös
außerdem: dazu ☐ **bin ich gewohnt**: habe die Gewohnheit
unerwarteter B. wurde nicht zuerst gemeldet ☐ **piepsendes Küken**: Küken (Junges vom Huhn), das piepst (schreit) ☐ **herrenlos**: ohne Herrn oder Besitzer ☐ **Unterkunft gewährt hat**: Ort zum Schlafen und Essen gegeben hat ☐ **weist...von der Tür**: schickt...weg ☐ **...gebet**: cf. beten: zu Gott sprechen
die Floskel angehängt: die Formel hinzugefügt ☐ **Bettler** bitten um Geld
Vertreter verkaufen etwas für eine Firma ☐ **Hausierer** verkaufen Waren an der Haustür ☐ **keinen W. kennt**: kann nicht »nein« sagen ☐ **häufen sich**: werden immer zahlreicher ☐ **Rasierklinge(n)**: *lame de rasoir* ☐ **Stopfwolle**: Wolle *(laine)* zum Stopfen (Socken mit Löchern werden gestopft)
Versicherungs- und Kaufverträge: *contrats d'assurance et de vente* ☐ **verschiedener Art**: von allen Sorten ☐ **sind in einer Ausbildungs- und Aussteuerversicherung**: sind für das Studium und für die Aussteuer *(dot)* versichert ☐ **bis zur Ablegung des S.**: bis sie mit dem Studium fertig sind
selbst: sogar
in Ausnahmefällen: ausnahmsweise, selten (≠ oft) ☐ **zuträglich**: leicht zu vertragen (verdauen)
begreifen: verstehen ☐ **hin und wieder**: von Zeit zu Zeit
...Anfälle von leichter U. zeige: ein bißchen ungeduldig werde
ertappe mich: bemerke mit Erstaunen

mich dabei, daß ich neidisch die Kaninchen betrachte, die es sich unter dem Tisch gemütlich machen und seelenruhig an Mohrrüben herumknabbern, und der stupide Blick des Nilpferds, das in unserer Badewanne die Schlammbildung beschleunigt, veranlaßt mich, ihm manchmal die Zunge herauszustrecken. Auch die Schildkröte, die stoisch an Salatblättern herumfrißt, ahnt nicht im geringsten, welche Sorgen mein Herz bewegen: die Sehnsucht nach einem frisch duftenden Kaffee, nach
10 Tabak, Brot und Eiern und der wohligen Wärme, die der Schnaps in den Kehlen sorgenbeladener Menschen hervorruft. Mein einziger Trost ist dann Bello, unser Hund, der vor Hunger gähnt wie ich. Kommen dann noch unerwartete Gäste: Zeitgenossen, die unrasiert sind wie ich, oder Mütter mit Babies, die mit heißer Milch getränkt, mit aufgeweichtem Zwieback gespeist werden, so muß ich an mich halten, um meine Ruhe zu bewahren. Aber ich bewahre sie, weil sie fast mein einziger Besitz geblieben ist.
20 Es kommen Tage, wo der bloße Anblick frischgekochter, gelber Kartoffeln mir das Wasser in den Mund treibt; denn schon lange — dies gebe ich nur zögernd und mit heftigem Erröten zu —, schon lange verdient unsere Küche die Bezeichnung bürgerlich nicht mehr. Von Tieren und von menschlichen Gästen umgeben, nehmen wir nur hin und wieder, stehend, eine improvisierte Mahlzeit ein.

Zum Glück ist meiner Frau nun für längere Zeit der Ankauf von unnützen Dingen unmöglich gemacht, denn
30 wir besitzen kein Bargeld mehr, meine Gehälter sind auf unbestimmte Zeit gepfändet, und ich selbst bin gezwungen, in einer Verkleidung, die mich unkenntlich macht,

Unberechenbare Gäste

neidisch: eifersüchtig

seelenruhig: sehr ruhig □ **Mohrrübe(n)**: Karotte □ **knabbern**: essen, abbeißen
die S. beschleunigt: dank ihm bildet sich Schlamm *(boue)* schneller
ahnt nicht im geringsten: weiß absolut nicht
welche Sorgen mein H. bewegen: welche Sorgen ich habe
Sehnsucht (nach): heftiger Wunsch
wohlig: wohltuend, angenehm
Kehle: Innere des Halses □ **sorgenbeladen**: mit Sorgen; bekümmert □ **hervorruft**: verursacht □ **Trost**: *consolation*
vor Hunger gähnt: den Mund weit öffnet, weil er H. hat
Zeitgenosse(n): Mitmensch
mit Milch getränkt...werden: ihnen wird M. zum Trinken gegeben □ **aufgeweicht**: weich geworden □ **Zwieback**: *biscotte* □ **gespeist**: gefüttert □ **an mich halten**: mich beherrschen
bewahren: behalten.
Besitz: Habe, Eigentum
der bloße Anblick: schon beim Ansehen
mir das W. in den M. treibt: läuft mir das W. in dem Mund zusammen □ **gebe...zu**: gestehe
mit heftigem Erröten: dabei werde ich ganz rot im Gesicht □
verdient...die Bezeichnung bürgerlich: kann man sie ...bürgerlich *(bourgeois)* nennen

Mahlzeit: Essen
ist meiner Frau...den Ankauf...unmöglich gemacht: kann nicht mehr einkaufen
Bargeld: Geldscheine und Münzen □ **Gehalt("er)**: Lohn; für seine Arbeit bekommenes Geld □ **gepfändet**: konfisziert
gezwungen < zwingen □ **Verkleidung**: wie zum Karneval

in fernen Vororten Rasierklingen, Seife und Knöpfe in den Abendstunden weit unter Preis zu verkaufen; denn unsere Lage ist bedenklich geworden. Immerhin besitzen wir einige Zentner Seife, Tausende von Rasierklingen, Knöpfe jeglichen Sortiments, und ich taumele gegen Mitternacht heim, suche Geld aus meinen Taschen zusammen: meine Kinder, meine Tiere, meine Frau umstehen mich mit glänzenden Augen, denn ich habe meistens unterwegs eingekauft: Brot, Äpfel, Fett, Kaffee und Kartoffeln, eine Speise übrigens, nach der Kinder wie Tiere heftig verlangen, und zu nächtlicher Stunde vereinigen wir uns in einem fröhlichen Mahl: zufriedene Tiere, zufriedene Kinder umgeben mich, meine Frau lächelt mir zu, und wir lassen die Tür unseres Wohnzimmers dann offenstehen, damit das Nilpferd sich nicht ausgeschlossen fühlt, und sein fröhliches Grunzen tönt aus dem Badezimmer zu uns herüber. Meistens gesteht mir dann meine Frau, daß sie in der Vorratskammer noch einen zusätzlichen Gast versteckt hält, den man mir erst zeigt, wenn meine Nerven durch eine Mahlzeit gestärkt sind: schüchterne, unrasierte Männer nehmen dann händereibend am Tisch Platz, Frauen drücken sich zwischen unsere Kinder auf die Sitzbank, Milch wird für schreiende Babies erhitzt. Auf diese Weise lerne ich dann auch Tiere kennen, die mir ungeläufig waren: Möwen, Füchse und Schweine, nur einmal war es ein kleines Dromedar.

»Ist es nicht süß?« fragte meine Frau, und ich sagte notgedrungen, ja, es sei süß, und beobachtete beunruhigt das unermüdliche Mampfen dieses pantoffelfarbenen Tieres, das uns aus schiefergrauen Augen anblickte. Zum Glück blieb das Dromedar nur eine Woche, und meine

fern ≠ nah □ **Vorort**: Vorstadt ≠ Innenstadt
weit unter Preis: viel billiger
Lage: Situation □ **bedenklich**: schwierig, beunruhigend
Zentner: 50 Kilos □ **Tausende von...**: 2000, 3000, 4000...
K. jeglichen Sortiments: alle Sorten von K. □ **taumele... heim**: komme schwankend nach Hause (wie ein Betrunkener)

umstehen mich: stehen um mich herum
meistens: sehr oft □ **Fett**: Butter, Margarine oder Schmalz

nach der (D !) sie heftig verlangen: die sie sich sehr wünschen
vereinigen wir uns: versammeln... □ **Mahl**: Essen □ **zufrieden** ≠ unglücklich
◻ **lächelt mir (D !) zu**

ausgeschlossen ≠ zu der Gruppe gehört □ **Grunzen**: Geräusch, wie Schweine es auch machen □ **gesteht**: gibt zu
Vorratskammer: kleiner Raum für Vorräte *(provisions)* im Haus
der zusätzliche Gast kommt zu den andern hinzu
◻ **erst** 4 Uhr; **nur** drei Bücher
gestärkt: wieder stark geworden □ **schüchterne M. wagen es nicht zu sprechen** □ **händereibend**: sie reiben sich die H. (weil sie sich freuen)
erhitzt: erwärmt □ **auf diese Weise**: so
ungeläufig: nicht wohl bekannt □ **Möwe(n)**: weiße Schwimmvögel am Meer □ **Fuchs(¨e)**: cf. schlau wie ein F.

süß: lieb, niedlich
notgedrungen: weil ich nichts anderes sagen konnte
Mampfen: Kauen (mit vollen Backen) □ **pantoffelfarben**: seine Farbe ist wie die eines Pantoffels □ **schiefergrau**: grau wie Schiefer *(ardoise)*

Geschäfte gingen gut: die Qualität meiner Ware, meine herabgesetzten Preise hatten sich rundgesprochen, und ich konnte hin und wieder sogar Schnürsenkel verkaufen und Bürsten, Artikel, die sonst nicht sehr gefragt sind. So erlebten wir eine gewisse Scheinblüte, und meine Frau — in völliger Verkennung der ökonomischen Fakten — brachte einen Spruch auf, der mich beunruhigte: »Wir sind auf dem aufsteigenden Ast.« Ich jedoch sah unsere Seifenvorräte schwinden, die Rasierklingen abnehmen, und nicht einmal der Vorrat an Bürsten und Stopfwolle war mehr erheblich.

Gerade zu diesem Zeitpunkt, wo eine seelische Stärkung mir wohlgetan hätte, machte sich eines Abends, während wir friedlich beisammensaßen, eine Erschütterung unseres Hauses bemerkbar, die der eines mittleren Erdbebens glich: die Bilder wackelten, der Tisch bebte und ein Kranz gebratener Blutwurst rollte von meinem Teller. Ich wollte aufspringen, mich nach der Ursache umsehen, als ich unterdrücktes Lachen auf den Mienen meiner Kinder bemerkte. »Was geht hier vor sich?« schrie ich, und zum erstenmal in meinem abwechslungsreichen Leben war ich wirklich außer Fassung.

»Walter«, sagte meine Frau leise und legte die Gabel hin, »es ist ja nur Wollo.« Sie begann zu weinen, und gegen ihre Tränen bin ich machtlos; denn sie hat mir sieben Kinder geschenkt.

»Wer ist Wollo?« fragte ich müde, und in diesem Augenblick wurde das Haus wieder durch ein Beben erschüttert. »Wollo«, sagte meine jüngste Tochter, »ist der Elefant, den wir jetzt im Keller haben.«

Ich muß gestehen, daß ich verwirrt war, und man

Geschäft(e): Handel
heragebsetzt: reduziert □ **...rundgesprochen**: viele Leute hatten davon gesprochen □ **Schnürsenkel**: Schuhband

...eine gewisse Scheinblüte: wir glaubten, nicht mehr so arm zu sein □ **in völliger Verkennung**: sie hatte keine Ahnung von
Spruch: wie "Auf Regen folgt Sonnenschein"
wir sind auf dem aufsteigenden Ast: mit uns geht es aufwärts
schwinden: verschwinden □ **ich sah die Rasierklingen abnehmen**: es gab immer weniger R.
erheblich: groß
zu diesem Zeitpunkt: in diesem Moment □ **seelische Stärkung**: *réconfort moral* □ **wohlgetan** < wohltun: gut getan □ **machte sich...bemerkbar**: bemerkten wir □ **friedlich**: ruhig □ **beisammensaßen**: zusammensaßen □ **Erschütterung**: cf. erschüttern; z.B.: ein Erdbeben kann ein Haus erschüttern □ **glich** < gleichen (+ D.!) □ **bebte**: zitterte stark □ **Kranz**: die Blutwurst *(boudin)* lag rund auf dem Teller; cf. Blumenkranz
mich nach der Ursache umsehen: versuchen zu erfahren, woher das kam □ **was geht hier vor sich?**: was ist denn hier los?
zum erstenmal ≠ **zum letztenmal**
in einem abwechslungsreichen Leben passiert vieles
außer Fassung: sehr erregt und empört
leise ≠ **laut** □ **Gabel**: man ißt mit Messer und Gabel
begann < beginnen
Träne(n): ihre T. rollten über ihre Wangen □ **ich bin machtlos**: ich kann nichts tun □ **geschenkt**: gegeben

jüngste < jung
Keller: unten im Haus ist dieser Raum
verwirrt: ganz durcheinander, verblüfft

wird meine Verwirrung verstehen. Das größte Tier, das wir beherbergt hatten, war das Dromedar gewesen, und ich fand einen Elefanten zu groß für unsere Wohnung, denn wir sind der Segnungen des sozialen Wohnungsbaues noch nicht teilhaftig geworden.

Meine Frau und meine Kinder, nicht im geringsten so verwirrt wie ich, gaben Auskunft: von einem bankerotten Zirkusunternehmer war das Tier bei uns sichergestellt worden. Die Rutsche hinunter, auf der wir sonst unsere Kohlen befördern, war es mühelos in den Keller gelangt. »Er rollte sich zusammen wie eine Kugel«, sagte mein ältester Sohn, »wirklich ein intelligentes Tier.« Ich zweifelte nicht daran, fand mich mit Wollos Anwesenheit ab und wurde unter Triumph in den Keller geleitet. Das Tier war nicht übermäßig groß, wackelte mit den Ohren und schien sich bei uns wohlzufühlen, zumal ein Ballen Heu zu seiner Verfügung stand. »Ist er nicht süß?« fragte meine Frau, aber ich weigerte mich, das zu bejahen. Süß schien mir nicht die passende Vokabel zu sein. Überhaupt war die Familie offenbar enttäuscht über den geringen Grad meiner Begeisterung, und meine Frau sagte, als wir den Keller verließen: »Du bist gemein, willst du denn, daß er unter den Hammer kommt?«

»Was heißt hier Hammer«, sagte ich, »und was heißt gemein, es ist übrigens strafbar, Teile einer Konkursmasse zu verbergen.« »Das ist mir gleich«, sagte meine Frau, »dem Tier darf nichts geschehen.«

Mitten in der Nacht weckte uns der Zirkusbesitzer, ein schüchterner dunkelhaariger Mann, und fragte, ob wir nicht noch Platz für ein Tier hätten. »Es ist meine ganze Habe, mein letzter Besitz. Nur für eine Nacht. Wie geht

beherbergt: eine Unterkunft gegeben

wir sind der Segnungen ...teilhaftig geworden: wir haben noch keine Sozialwohnung bekommen
nicht im geringsten: absolut nicht
gaben Auskunft: erklärten, berichteten
Zirkusunternehmer: Z.direktor □ **war sichergestellt worden**: in Sicherheit gebracht □ **Rutsche**: cf. rutschen = gleiten
Kohlen: schwarzes Brennmaterial □ **befördern**: transportieren
gelangt: angekommen

zweifelte nicht daran: war es sicher □ **fand mich...ab** < abfinden (sich mit etw): akzeptierte, daß er da war
geleitet: geführt □ **übermässig**: sehr; über der Norm □ **wackelte mit den Ohren**: bewegte die Ohren
zumal: um so mehr als,... □ **Ballen Heu**: getrocknetes Gras zusammengebunden □ **weigerte mich**: wollte nicht
bejahen: »ja« sagen □ **die passende Vokabel**: das richtige Wort
überhaupt: aufs Ganze gesehen □ **offenbar**: sichtbar
enttäuscht ≠ erfreut □ **gering**: klein
verließen < verlassen
gemein: böse, schlecht, herzlos □ **unter den Hammer kommen**: *être vendu aux enchères* (der Hammer: *marteau*)

strafbar: illegal, mit Strafe bedroht □ **Konkursmasse**: *actif d'une entreprise en faillite* □ **verbergen**: verstecken
dem Tier darf nichts geschehen: man darf ihm nichts Böses antun
dunkelhaarig: mit dunklem Haar

meine ganze Habe: alles, was ich habe, besitze

es übrigens dem Elefanten?«

»Gut«, sagte meine Frau, »nur seine Verdauung macht mir Kummer.«

»Das gibt sich«, sagte der Zirkusbesitzer. »Es ist nur die Umstellung. Die Tiere sind so sensibel. Wie ist es — nehmen Sie die Katze noch — für eine Nacht?« Er sah mich an, und meine Frau stieß mich in die Seite und sagte: »Sei doch nicht so hart.«

»Hart«, sagte ich, »nein, hart will ich nicht sein. Meinetwegen leg die Katze in die Küche.«

»Ich hab' sie draußen im Wagen«, sagte der Mann.

Ich überließ die Unterbringung der Katze meiner Frau und kroch ins Bett zurück. Meine Frau sah ein wenig blaß aus, als sie ins Bett kam, und ich hatte den Eindruck, sie zitterte ein wenig. »Ist dir kalt?« fragte ich.

»Ja«, sagte sie, »mich fröstelt's so komisch.«

»Das ist nur Müdigkeit.«

»Vielleicht ja«, sagte meine Frau, aber sie sah mich dabei so merkwürdig an. Wir schliefen ruhig, nur sah ich im Traum immer den merkwürdigen Blick meiner Frau auf mich gerichtet und unter einem seltsamen Zwang erwachte ich früher als gewöhnlich. Ich beschloß, mich einmal zu rasieren.

Unter unserem Küchentisch lag ein mittelgroßer Löwe; er schlief ganz ruhig, nur sein Schwanz bewegte sich ein wenig, und es verursachte ein Geräusch, wie wenn jemand mit einem sehr leichten Ball spielt.

Ich seifte mich vorsichtig ein und versuchte, kein Geräusch zu machen, aber als ich mein Gesicht nach rechts drehte, um meine linke Wange zu rasieren, sah ich, daß der Löwe die Augen offenhielt und mir

Verdauung: nach dem Essen wird die Nahrung verdaut
Kummer: Sorgen
das gibt sich: es wird schon besser
Umstellung: Veränderung

stieß mich < stoßen: gab mir einen leichten Schlag
hart: herzlos

meinetwegen: ich bin einverstanden; ich habe nichts dagegen

überließ die Unterbringung der K. meiner F.: meine F. sollte die K. allein in der Küche unterbringen □ **kroch** < kriechen: legte mich wieder ins Bett
hatte den Eindruck: war nicht sicher, aber glaubte, daß...

mich fröstelt's: mich friert leicht □ **komisch:** sonderbar
Müdigkeit: cf. müde

merkwürdig: seltsam, bizarr
im Traum: während des Schlafes sieht er Bilder
unter...Zwang: ich war wie gezwungen, unter Druck gesetzt
erwachte: wurde wach □ **beschloß** < beschließen: nahm mir vor
mittelgroß: nicht sehr groß
Löwe: gelb- bis rötlichbraune Raubkatze Afrikas □ **Schwanz:** vor Freude wedelt der Hund mit dem S. □ **verursachte:** machte

seifte mich...ein: tat eine Schicht Seife auf die Wangen

offenhielt < offenhalten: seine Augen waren auf

zublickte. »Sie sehen tatsächlich wie Katzen aus«, dachte ich. Was der Löwe dachte, ist mir unbekannt; er beobachtete mich weiter, und ich rasierte mich, ohne mich zu schneiden, muß aber hinzufügen, daß es ein merkwürdiges Gefühl ist, sich in Gegenwart eines Löwen zu rasieren. Meine Erfahrungen im Umgang mit Raubtieren waren minimal, und ich beschränkte mich darauf, den Löwen scharf anzublicken, trocknete mich ab und ging ins Schlafzimmer zurück. Meine Frau war schon wach, sie wollte gerade etwas sagen, aber ich schnitt ihr das Wort ab und rief: »Wozu da noch sprechen!« Meine Frau fing an zu weinen, und ich legte meine Hand auf ihren Kopf und sagte: »Es ist immerhin ungewöhnlich, das wirst du zugeben.«

»Was ist nicht ungewöhnlich?« sagte meine Frau, und darauf wußte ich keine Antwort.

Inzwischen waren die Kaninchen erwacht, die Kinder lärmten im Badezimmer, das Nilpferd — es hieß Gottlieb — trompetete schon, Bello räkelte sich, nur die Schildkröte schlief noch — sie schläft übrigens fast immer.

Ich ließ die Kaninchen in die Küche, wo ihre Futterkiste unter dem Schrank steht: die Kaninchen beschnupperten den Löwen, der Löwe die Kaninchen, und meine Kinder — unbefangen und den Umgang mit Tieren gewöhnt, wie sie sind — waren längst auch in die Küche gekommen. Mir schien fast, als lächle der Löwe; mein drittjüngster Sohn hatte sofort einen Namen für ihn: Bombilus. Dabei blieb es.

Einige Tage später wurden Elefant und Löwe abgeholt. Ich muß gestehen, daß ich den Elefanten ohne Bedauern schwinden sah; ich fand ihn albern, während

☐ **mir** zublickte (+ D. !) ☐ **tatsächlich**: wirklich

beobachte mich weiter: ...noch immer
hinzufügen: noch dazu sagen
in Gegenwart eines Löwen: in der Nähe eines Löwen
Erfahrung(en): Kenntnis ☐ **im Umgang mit**: beim Zusammensein ☐ **Raubtier(e)**: wie Löwen, Tiger, Panther ☐ **beschränkte mich**: begnügte mich ☐ **scharf**: mit festem Blick ☐ **trocknete mich ab**: cf. trocken
schnitt ihr das Wort ab: ließ sie nicht sprechen
wozu: warum

immerhin: *quand même*
ungewöhnlich: ≠ gewöhnlich, banal, geläufig ☐ **zugeben**: gestehen
darauf: auf diese Frage
inzwischen: in der Zwischenzeit
lärmten: machten Lärm
trompetete (cf. Trompete): gab Laute von sich ☐ **räkelte sich**: streckte sich

ich ließ die K. in die Küche: ich ließ sie in die Küche gehen
Futterkiste: Kiste mit Futter (Essen) drin
beschnuppern: beriechen
unbefangen: nicht schüchtern, ohne Angst
schon längst: seit langem
mir schien: ich hatte den Eindruck ☐ **lächle** < lächeln
der drittjüngste Sohn: der vor-vorletzte S.
dabei blieb es: den Namen behielt er

ohne Bedauern: ohne Traurigkeit ☐ **albern**: doof, dumm, blöd

der ruhige, freundliche Ernst des Löwen mein Herz gewonnen hatte, so daß Bombilus' Weggang mich schmerzte. Ich hatte mich so an ihn gewöhnt; er war eigentlich das erste Tier, das meine volle Sympathie genoß.

Ernst: cf. ernst: seriös
gewonnen < gewinnen □ **Weggang**: Weggehen
mich schmerzte: mir Weh tat
das meine Sympathie genoß (< genießen): dem ich meine S. schenkte; das ich sehr gern hatte

Grammaire au fil des nouvelles

Les références placées après chaque rubrique grammaticale renvoient à la Grammaire active de l'allemand ; *les chiffres placés après chaque phrase renvoient aux pages et aux lignes du texte.*

Subordonnées relatives (p. 304).

Faire de la proposition en italique, une proposition relative :

Das kleine Nilpferd, *wir haben es in unserer Badewanne*, ist mir ans Herz gewachsen (118-6). **Ich sah einen Hund; *meine Frau hat ihm Unterkunft gewährt*** (118-11). **Mein einziger Trost ist Bello, unser Hund; *er gähnt vor Hunger wie ich*** (120-13). **Es ist übrigens eine Speise; *danach verlangen Kinder und Tiere*** (122-10). **Wollo ist ein Elefant; *wir haben ihn jetzt im Keller*** (124-31). **Er rollte die Rutsche hinunter; *darauf befördern wir sonst unsere Kohlen*** (126-9).

Compléments et adverbes de temps (pp. 228 à 240). Place du verbe (p. 228).

Traduire :

Le soir**, je suis habitué à avoir de la visite* (118-10). ***De temps en temps** nous prenons un repas improvisé* (120-26). ***La plupart du temps**, elle m'avoue que...* (122-17). *C'est justement **à cette époque**...* (124-12). ***Pour la première fois** de ma vie...* (124-21). ***A cet instant**, la maison fut ébranlée par une nouvelle secousse* (124-28). *Le directeur nous réveilla **au milieu de la nuit (126-29). ***Entre-temps** les lapins s'étaient réveillés* (130-17). ***Quelques jours plus tard**, on vint chercher l'éléphant* (130-30).

Conjonctions (pp. 282, 286).

Je perds patience *bien que* je sois un homme calme (118-31). Nous laissons la porte ouverte *afin qu'il* ne se sente pas exclu (122-15). Le lion avait conquis mon cœur, *si bien que* son départ me fit de la peine (120-8).

Franz Kafka

Vor dem Gesetz

Franz Kafka ist 1883 in Prag in einer jüdischen Familie zur Welt gekommen. Er arbeitete als Jurist für eine Unfallversicherung; zur gleichen Zeit schrieb er abends, nach dem Arbeitstag.

Als er 1924 an Tuberkulose starb, war Kafka praktisch unbekannt. Seine drei großen Romane "Der Prozeß", "Das Schloß" und "Amerika"; seine zahlreichen Erzählungen: "Das Urteil", "Die Verwandlung", "In der Strafkolonie", "Ein Hungerkünstler"...sind seitdem weltberühmt geworden.

Die nachstehende Parabel "Vor dem Gesetz", 1914 erschienen, hat Kafka dem Roman "Der Prozeß" entnommen. Sie erzählt von einem Mann, der sein Leben lang vor einer Tür wartet, bis er sterbend erfährt: "Dieser Eingang war nur für dich bestimmt". Wie in vielen anderen Erzählungen ist hier der Mensch seiner Umwelt machtlos ausgeliefert. Er kann das Gesetz nicht verstehen. Der Leser wird in eine Traumwelt geführt, die aber ganz realistisch beschrieben wird.

Vor dem Gesetz steht ein Türhüter. Zu diesem Türhüter kommt ein Mann vom Lande und bittet um Eintritt in das Gesetz. Aber der Türhüter sagt, daß er ihm jetzt den Eintritt nicht gewähren könne. Der Mann überlegt und fragt dann, ob er also später werde eintreten dürfen. »Es ist möglich«, sagt der Türhüter, »jetzt aber nicht.« Da das Tor zum Gesetz offensteht wie immer und der Türhüter beiseite tritt, bückt sich der Mann, um durch das Tor in das Innere zu sehn. Als der Türhüter das merkt, lacht er und sagt: »Wenn es dich so lockt, versuche es doch, trotz meines Verbotes hineinzugehn. Merke aber: Ich bin mächtig. Und ich bin nur der unterste Türhüter. Von Saal zu Saal stehn aber Türhüter, einer mächtiger als der andere. Schon den Anblick des dritten kann nicht einmal ich mehr ertragen.« Solche Schwierigkeiten hat der Mann vom Lande nicht erwartet; das Gesetz soll doch jedem und immer zugänglich sein, denkt er, aber als er jetzt den Türhüter in seinem Pelzmantel genauer ansieht, seine große Spitznase, den langen, dünnen, schwarzen tatarischen Bart, entschließt er sich, doch lieber zu warten, bis er die Erlaubnis zum Eintritt bekommt. Der Türhüter gibt ihm einen Schemel und läßt ihn seitwärts von der Tür sich niedersetzen. Dort sitzt er Tage und Jahre. Er macht viele Versuche, eingelassen zu werden, und ermüdet den Türhüter durch seine Bitten. Der Türhüter stellt öfters kleine Verhöre mit ihm an, fragt ihn über seine Heimat aus und nach vielem andern, es sind aber teilnahmslose Fragen, wie sie große Herren stellen, und zum Schlusse sagt er ihm immer wieder, daß er ihn noch nicht einlassen könne. Der Mann, der sich für seine Reise mit vielem ausgerüstet hat, verwendet alles, und sei es noch so

Vor dem Gesetz

Gesetz: Ordnungsregel □ **Türhüter:** Portier, Pförtner
vom Lande ≠ von der Stadt □ **bittet um Eintritt:** fragt, ob er eintreten darf
gewähren: erlauben, bewilligen □ **könne:** Konj.I, ind. Rede
überlegt: denkt nach □ **später** < spät □ **werde:** Konj.I

Tor: große Tür □ **offensteht:** auf ist
beiseite tritt: auf die Seite geht □ **bückt sich:** beugt sich nieder
das Innere: was drin ist ≠ was draußen ist

...so lockt: wenn es dich so interessiert □ **Verbot:** cf. verboten
mächtig: machtvoll, wichtig, stark
der unterste T. steht ganz unten; unter anderen Leuten
Anblick: cf. anblicken = ansehen
des dritten (Türhüters): cf. drei □ **nicht einmal:** *même pas*
Schwierigkeit(en): cf. schwierig ≠ leicht, einfach
zugänglich: aufgeschlossen, offen ≠ versteckt

Pelzmantel: Mantel aus Pelz *(fourrure)* □ **Spitznase** ≠ runde Nase □ **tatarisch:** wie der Bart eines Tataren □ **entschließt sich:** faßt den Beschluß, entscheidet sich □ **Erlaubnis** ≠ Verbot
Schemel: Hocker; niedriger Stuhl ohne Lehne
seitwärts: auf der Seite
Tage und Jahre: tagelang und jahrelang
ermüdet den T.: macht ihn müde
öfters: sehr oft □ **stellt...Verhöre mit ihm an:** stellt ihm Fragen
Heimat: Vaterland; wie Deutschland für die Deutschen; aber auch Geburtsort □ **teilnahmslos:** ohne Interesse, gleichgültig
zum Schlusse: am Ende

sich...mit vielem ausgerüstet hat: viel mitgenommen hat; sich mit allem Nötigen versehen hat □ **verwendet:** gibt

wertvoll, um den Türhüter zu bestechen. Dieser nimmt zwar alles an, aber sagt dabei: »Ich nehme es nur an, damit du nicht glaubst, etwas versäumt zu haben.« Während der vielen Jahre beobachtet der Mann den Türhüter fast ununterbrochen. Er vergißt die andern Türhüter und dieser erste scheint ihm das einzige Hindernis für den Eintritt in das Gesetz. Er verflucht den unglücklichen Zufall, in den ersten Jahren rücksichtslos und laut, später, als er alt wird, brummt er nur noch vor sich hin. Er wird kindisch, und, da er in dem jahrelangen Studium des Türhüters auch die Flöhe in seinem Pelzkragen erkannt hat, bittet er auch die Flöhe, ihm zu helfen und den Türhüter umzustimmen. Schließlich wird sein Augenlicht schwach, und er weiß nicht, ob es um ihn wirklich dunkler wird, oder ob ihn nur seine Augen täuschen. Wohl aber erkennt er jetzt im Dunkel einen Glanz, der unverlöschlich aus der Türe des Gesetzes bricht. Nun lebt er nicht mehr lange. Vor seinem Tode sammeln sich in seinem Kopfe alle Erfahrungen der ganzen Zeit zu einer Frage, die er bisher an den Türhüter noch nicht gestellt hat. Er winkt ihm zu, da er seinen erstarrenden Körper nicht mehr aufrichten kann. Der Türhüter muß sich tief zu ihm hinunterneigen, denn der Größenunterschied hat sich sehr zu ungunsten des Mannes verändert. »Was willst du denn jetzt noch wissen?« fragt der Türhüter, »du bist unersättlich.« »Alle streben doch nach dem Gesetz«, sagt der Mann, »wieso kommt es, daß in den vielen Jahren niemand außer mir Einlaß verlangt hat?« Der Türhüter erkennt, daß der Mann schon an seinem Ende ist, und, um sein vergehendes Gehör noch zu erreichen, brüllt er ihn an: »Hier konnte niemand sonst Einlaß

sei es noch so wertvoll: und auch wenn es teuer ist ☐ **bestechen**: kaufen (durch Geschenke)
versäumt: verpaßt
beobachtet: betrachtet genau, studiert
ununterbrochen: andauernd, ohne eine Pause zu machen

Hindernis: Barriere, Handikap ☐ **verflucht**: schimpft heftig über ☐ **Zufall**: cf. "das war ein Spiel des Zufalls!" (es war nicht vorgeplant) ☐ **brummt**: spricht leise und ärgerlich
kindisch: wie ein Kind
Floh(¨e): stechendes Insekt, Parasit
...kragen: Teil der Kleidung um den Hals
☐ **ihm zu helfen** (+ D.!) ☐ **umstimmen**: versuchen, daß er seine Meinung ändert ☐ **sein Augenlicht wird schwach**: er sieht nicht mehr gut
täuschen: betrügen, irreführen ☐ **wohl**: gut
Glanz: helles Licht ☐ **unverlöschlich**: der nicht aufhört, zu leuchten

Erfahrung(en): Erlebnis; alles was er erlebt hat
bisher: bis jetzt ☐ **winkt ihm zu**: gibt ihm mit der Hand ein Zeichen, damit er kommt ☐ **erstarrend**: steif, unbeweglich geworden ☐ **seinen Körper nicht aufrichten k.**: nicht aufstehen k. ☐ **sich...hinunterneigen**: sich hinunterbeugen ☐ **Größenunterschied**: Differenz zwischen den Staturen ☐ **zu ungunsten des M.**: zu seinem Nachteil
unersättlich: nicht zu befriedigen ☐ **streben** (<u>nach</u> + D.): versuchen...zu erreichen ☐ **wieso**: warum
niemand außer mir: nur ich ☐ **Einlaß**: Eintritt ☐ **verlangt**: gewünscht
(er hat) **ein vergehendes Gehör**: er hört fast nicht mehr
brüllt er ihn an: redet ihn sehr laut an ☐ **niemand sonst**: kein

erhalten, denn dieser Eingang war nur für dich bestimmt. Ich gehe jetzt und schließe ihn.«

anderer □ **erhalten**: bekommen
bestimmt: ausgewählt □ **schließ(e)**: mache zu

Grammaire au fil des nouvelles

Les références placées après chaque rubrique grammaticale renvoient à la Grammaire active *de l'allemand ; les chiffres placés après chaque phrase renvoient aux pages et aux lignes du texte.*

Le génitif (pp. 188, 192).

Traduire :

Essaie un peu d'entrer *malgré ma permission !* (136-11). Je ne peux même pas supporter le regard *du troisième* (136-15). *Pendant ces nombreuses années...* (138-4). L'étude prolongée *du gardien...* (138-11). Les souvenirs *de tout ce temps* (138-20). La différence s'est accentuée au désavantage *de l'homme* (138-25).

Verbes employés avec certaines prépositions (pp. 354 à 364).

Il lui *demande* la permission d'entrer (136-2). Il *l'interroge sur* son pays et *sur* bien d'autres choses (136-27). Il lui *fait signe de* la main (138-22). Tout le monde *aspire à* la loi (138-27).

Um... zu ou damit ? (pp. 294, 375).

Il se penche *pour voir à l'intérieur* (136-9). Il distribue tout ce qu'il a, *pour soudoyer le gardien* (138-1). Je prends tout *afin que tu ne croies pas avoir omis quelque chose* (138-3).

Adjectifs et pronoms indéfinis (pp. 112, 114, 116, 120).

Un homme arrive de la campagne et va voir *ce* gardien (136-1). Il y a des gardiens, tous plus forts *les uns que les autres* (136-14). L'homme ne s'était pas attendu à *de telles* difficultés (136-15). La loi doit être accessible à *tous* ! (136-17). L'homme s'est muni de *beaucoup de choses* pour son voyage (136-31). Il distribue *tout* (136-32). Il oublie *les autres* gardiens (138-5). *Tous* les souvenirs se rassemblent dans sa tête (138-19).

Wortregister

Voici 1 350 mots rencontrés dans les récits, suivis du sens qu'ils ont dans ceux-ci.

Les temps primitifs des verbes forts ainsi que les marques du pluriel sont indiqués entre parenthèses. Quand l'auxiliaire du parfait n'est pas le verbe *haben*, il est indiqué par : **s.** (sein). Les particules séparables sont séparées du verbe par : /.

Les constructions sont indiquées si nécessaire en utilisant les abréviations suivantes :

jdn (jemanden) = accusatif de la personne
jdm (jemandem) = datif de la personne
jds = génitif de la personne
A = accusatif
D = datif
G = génitif
qn = quelqu'un
qc = quelque chose

— A —

ab und zu parfois
ab/bauen extraire (charbon), exploiter (mine)
das Abendgebet(e) prière du soir
das Abenteuer(-) aventure
ab/fangen(ä, i, a, a) attraper
ab/finden(a, u) (sich mit etw): s'accommoder de
abgemacht d'accord
ab/gucken regarder
ab/hauen(ie, au) s.: ficher le camp
ab/holen aller chercher
das Abitur baccalauréat
ab/leisten (Wehrdienst) faire (service militaire)
ab/liefern livrer, remettre (à qq)
ab/nehmen(i, a, o) diminuer
ab/regen (sich) se calmer
ab/reißen(i, i) arracher
der Absatz(¨e) talon
Abschied nehmen(i, a, o) prendre congé
ab/schließen(o, o) (einen Handel) conclure (un marché)
ab/schneiden(i, i) découper
ab/streifen ôter
abwechslungsreich riche en événements
abwesend absent
ab/zeichnen (sich) se dessiner
ächzen gémir
der Affe(n) singe
ahnen soupçonner
ähnlich (+ D) semblable à

die Ahnnung(en) (keine A. haben) n'avoir aucune idée de
albern sot
allmählich peu à peu
alltäglich journalier, tous les jours
an/beißen (i, i) mordre (poisson)
der Anblick(e) vue
an/brüllen (jdn) hurler (qch à qn)
anders autrement
der Anfall(¨e) accès (de fièvre par ex.)
an/fangen (ä, i, a) commencer
der Angeber(-) fanfaron
die Angeberei(en) forfanterie, esbrouffe
der Angelhaken(-) hameçon
angeln pêcher à la ligne
angespannt tendu
angestrengt avec bien du mal
angriffslustig agressif
an/klopfen frapper (à la porte)
an/knipsen allumer (lampe)
Anlauf nehmen (i, a, o) prendre son élan
anmutig gracieux, charmant
an/schauen regarder qq
Anschlag halten (ä, ie, a) (in A. h.) mettre en joue
an/sehen (ie, a, e) (jdn) regarder qq
an/stecken contaminer
an/stoßen (ö, ie, o) heurter
anstrengend fatigant
arbeitslos chômeur
die Arbeitslosigkeit chômage
ärgern (sich) être irrité
der Armleuchter(-) poltron
die Arschbacke (n) (vulg.) fesse
artig gentiment
der Artz(¨e) médecin
der Ast(¨e) branche
außer Atem hors d'haleine
atemlos hors d'haleine
das Atomkraftwerk(e) centrale atomique
auf/bäumen (sich) se cabrer
auf/blicken lever les yeux
auf/blitzen briller

aufeinander/schlagen (ä, u, a) s'entrechoquer
auffallend bizarrement
auf/geben (i, a, e) abandonner
aufgestickt brodé
aufgeweicht ramolli
auf/häufen amonceler
auf/heben (o, o) ramasser
auf/jaulen pleurer (chien), hurler à la mort
auf/knien se mettre à genoux
auf/lesen (ie, a, e) ramasser
auf/rappeln (sich) (Ugs) se relever péniblement
auf/regen énerver
auf/richten dresser
auf/richten (sich) se redresser, se relever
aufsässig rebelle
auf/schließen (o, o) ouvrir
auf/schrecken s. sursauter (de peur)
auf/springen (a,u) s. sursauter
auf/stöbern débusquer
auf/tragen (ä, u, a) servir (repas)
auf/zählen énumérer
der Augenblick(e) moment
ausgesperrt exclu
ausgestreckt étendu
die Auskunft (¨e) renseignement
aus/liefern livrer
die Ausnahme(n) exception
ausnahmsweise exceptionnellement
aus/nehmen (i, a, o) vider (poisson)
aus/nützen exploiter
aus/reiten (i, i) s. partir à cheval
aus/rüsten équiper, armer
aus/schalten éteindre, fermer
aus/schließen (o, o) exclure
aus/schmücken parer, embellir
aus/strahlen se répandre
aus/strecken tendre, allonger
aus/treiben (ie, ie) faire passer (une mauvaise habitude)
aus/wechseln changer
aus/wringen (a, u) tordre
der Auswuchs (¨e) excroissance
die Auszeichnung(en) distinction

aus/ziehen (o, o) s. partir
außerdem en outre
der Azubi(s) (Auszubildende) apprenti

— B —

die Backröhre(n) four
die Badewanne(n) baignoire
der Balken(-) poutre
der Ballen (-) (B. Heu) botte (de foin)
ballert (es) les balles sifflent
das Band ("e) livre, tome
das Bargeld espèces (argent)
der Bauernhof ("e) ferme
beben trembler
das Bedauern regret
bedenklich préoccupant, inquiétant
bedeutend important
befördern acheminer
begegnen (jdm) s. rencontrer
begeistert enthousiaste
die Begeisterung admiration
beginnen (a, o) commencer
begreifen (i, i) comprendre
begreiflich compréhensible
behaglich agréablement
behalten (ä, ie, a) garder
der Behälter(-) récipient
behandeln traiter
beherbergen héberger
beherzt bravement, plein de courage
behindern (sich) se gêner
beide les deux
das Beil(e) hache
das Bein(e) jambe
ein Bein stellen faire un croche-pied
beinahe presque
beiseite sur le côté
das Beispiel(e) exemple
beißen (i, i) mordre, piquer
bejahen acquiescer
bekannt connu
die Beklemmung angoisse
bekommen (a, o) recevoir, avoir
der Belag ("e) couche, enduit
belästigen incommoder

belauschen épier
beobachten observer
der Bergmann (Bergleute) mineur
berichten faire un rapport, raconter
beruhigt tranquillisé
berühmt célèbre
besänftigen calmer
beschämt honteux
beschlagen embué
beschleunigen accélérer
beschließen (o, o) décider
beschnuppern renifler
beschränken (sich) (auf + A) se limiter à
beschweren alourdir
besiegen vaincre (qn)
die Besinnung verlieren (o, o) perdre connaissance
der Besitz(e) bien, possession
besitzen (besaß, besessen) posséder
bestechen (i, a, o) corrompre, soudoyer, graisser la patte
bestehen (a, a) passer avec succès (une épreuve)
bestimmen (zu + Dat) destiner à
bestimmt certainement
bestrafen punir
bestürzt consterné
Besuch (auf B. sein) être en visite
betäubt étourdi
beten prier
betreten (i, a, e) (+ A) entrer dans
der Bettler(-) mendiant
beugen (sich) se pencher
beunruhigt inquiet
die Beute(n) proie
der Beutel(-) bourse
bewachen garder
bewegen (sich) bouger
bewirten régaler (qn)
bezeichnen désigner
Bezeichnung verdienen avoir droit à l'appellation
bezwingen (a, u) (+ A) vaincre, triompher de
das Biest(er) bestiole
die Bildung(en) formation

die Birke(n) bouleau
bisher jusqu'à présent
bitten (a, e) (jdn um etwas) demander (qch à qn)
blank brillant
blaß pâle (visage)
blättern feuilleter
bläulich bleuâtre
blind aveugle
blitzend éclatant
blitzschnell rapide comme l'éclair
blöd idiot
blühend florissant
das Blut sang
die Blüte prospérité
die Bodensenkung(en) affaissement de terrain
bösartig méchant, grave
brandrot flamboyant
brennen (brannte, gebrannt) brûler
die Brühe(n) eau sale
das Brüllen hurlements
brüllen hurler
brummen bougonner
brüsten (sich) se vanter
die Brut(en) frai, alevin
die Bruthitze chaleur d'étuve
der Bube (n, n) garçon, gars
bücken (sich) se pencher
die Bundeswehr service militaire, armée
die Burg(en) château (fort)
der Bursche (n, n) garçon, gars
die Bürste(n) brosse

— C —

die Couch(es) divan

— D —

dabei à côté
daher d'où, c'est pourquoi
dalli et que ça saute !
damals autrefois, à cette époque
das Dämmerlicht lueur du crépuscule
dampfen dégager de la vapeur, fumer
darum c'est pourquoi
dauernd toujours
die Decke(n) plafond
der Deckenbalken(-) poutre du plafond
denken (dachte, gedacht) (an + A) penser à
dennoch pourtant
der beste le meilleur
derb solide
deshalb c'est pourquoi
dicht tout près
dicht gedrängt serrés les uns contre les autres
das Dickicht(e) fourré, taillis
der Dienst(e) service
das Ding(e) chose
der Dolch(e) poignard
donnern fulminer, tempêter
Donnerwetter ! bon sang !
der Dorfbewohner(-) habitant du village
der Dorn (en) épine
dringen (a, u) s. (aus + D) sortir
drohen (jdm) menacer
drüben de l'autre côté
drücken serrer
ducken (sich) se baisser, s'accroupir
es dunkelt la nuit tombe
dünn fin, mince
dürr décharné

— E —

echt véritable, vrai
die Eckbank("e) banquette de coin
der Eckzahn("e) canine
ehe avant que
ehemalig ancien, d'autrefois
eher plutôt
die Ehre honneur
ehrlich honnête
eifrig avec empressement
eilens à toute allure
der Eimer(-) seau
ein paar quelques

einander/zwinkern se faire des clins d'œil
ein/biegen (o, o) s. (in eine Straße) tourner
der Einbruch (der Dunkelheit, der Nacht) tombée de la nuit
der Eindringling(e) intrus, envahisseur
der Eindruck (¨e) impression
einfach simplement
der Einfall (¨e) idée
ein/fallen (ä, ie, a) s. (es fällt mir ein) venir à l'esprit
ein/gehen (i, a) s. (auf etwas) acquiescer à
ein/lassen (ä, ie, a) (sich in einen Krieg) s'engager
der Einlaß (¨sse) entrée
einsam solitaire
ein/schlagen (ä, u, a) briser (d'un coup)
ein/sperren enfermer
einst autrefois
einverstanden d'accord
ein/wickeln (sich) s'enrouler
das Eisen fer
die Eisenbahn(en) train électrique
die Eisenharke(n) râteau en fer
die Eisfläche(n) surface glacée
eisig glacé
das Eisstadion(ien) patinoire
ekelhaft dégoûtant
eklig répugnant
das Elektroherd(e) cuisinière électrique
elend misérablement
das Elend misère
empfangen (ä, i, a) recevoir
empfehlenswert recommandable
endlos interminable
entdecken découvrir
die Entfernung(en) distance
entgegengesetzt au contraire
entgeistert ébahi
entkommen (jdm) s. échapper à
entlassen werden (i, u, o) être licencié
entnehmen (i, a, o) (+ D) tirer de

entpuppen sich (als) se révéler, se dévoiler
entringen (a, u) s. sortir de, s'extirper
entscheidend décisif
entschließen (o, o) (sich) se décider
der Entschluß (¨sse) décision
der Entsetzensschrei(e) cri d'épouvante
entsetzt scandalisé, épouvanté
entsprechend analogue, proportionné
enttäuscht déçu
entwenden s'approprier
erbärmlich pitoyable
die Erdoberfläche surface de la Terre
erdrücken écraser
das Ereignis(se) événement
erfahren (ä, u, a) apprendre
die Erfahrung(en) expérience, connaissance
erfolgreich couronné de succès
erfrieren (o, o) s. mourir de froid
Erfüllung gehen (i, a) (in) s'accomplir
ergehen (i, a, e) (alles über sich ergehen lassen) souffrir patiemment
erhalten (ä, ie, a) obtenir
erheblich considérable
erhitzen chauffer
erholen (sich) se reposer
die Erinnerung(en) souvenir
die Erlaubnis(se) permission
erledigen exécuter
ermüden fatiguer
der Ernst le sérieux
ernst sérieux
erröten rougir
die Erscheinung(en) apparition
erschießen (o, o) tuer d'un coup de feu
erschöpft épuisé
erschrecken (i, a, o) s. prendre peur
erschrocken apeuré
die Erschütterung(en) ébranlement
erst d'abord, seulement (temps)

erstarren engourdir
erstickt étouffé (cri)
erstorben mort
ertappen surprendre (qn)
erwachen s. s'éveiller
der Erwachsene (n, n) adulte
erwähnen évoquer
erwartungsvoll plein d'espoir
erweichen fléchir, attendrir
erwidern répondre
der Erzieher(-) éducateur, précepteur

— F —

das Fach ("er) tiroir
die Fackel(n) flambeau
die Fähigkeit(en) possibilité, capacité
fahl pâle
die Fahne(n) panache
fällen abattre (arbre)
der Fallschirm(e) parachute
falsch faux
die Familienfeier(n) fête de famille
der Familienrat ("e) conseil de famille
die Fantasie imagination
die Farbe(n) couleur
färben colorer
außer Fassung sein être hors de soi
die Faust ("e) poing
feierlich solennel
feige lâche
der Feigling(e) lâche, poltron
der Feind(e) ennemi
feindlich hostile
das Fell(e) peau de bête, poil
der Felsen(-) rocher
fertig/machen achever
fest/binden (a, u) attacher solidement
festgewachsen enraciné
fest/krallen s'agripper
fest/stellen constater
das Fett matière grasse
der Fetzen(-) morceau, lambeau
feucht humide
das Fieber fièvre

finster sombre
flackern vaciller, danser (flamme)
der Flegel(-) malappris
der Floh ("e) puce
die Floskel(n) formule, fioriture
die Flucht ergreifen (i, i) prendre la fuite
flüchten (sich) se réfugier
flüchtig superficiellement
das Fluchwort ("er) juron
der Flur(e) couloir
flüstern murmurer
folgend suivant
fort/gehen (i, a) s. partir
fort/reißen (i, i) arracher
fort/setzen continuer
fortwährend continuellement
der Fremde (n, n) étranger
die Freundschaft(en) amitié
der Frieden paix
die Friedensbewegung(en) mouvement de la paix
friedlich en paix
der Frost gelée
frösteln (mich fröstelt) frissonner
das Frühjahr printemps
der Fuchs ("e) renard
die Furche(n) sillon
fürchten craindre
das Fürchten crainte, peur
fürchten (sich) (vor + D) avoir peur de
die Futterkiste(n) mangeoire
füttern nourrir

— G —

die Gabel(n) fourchette
gähnen bailler
der Gang ("e) couloir
die Gartenhütte(n) cabane
geben (i, a, e) s'arranger
das gibt sich ! ça s'arrangera
geboren né
die Gefahr(en) danger
gefangen nehmen (i, a, o) faire prisonnier
das Gefängnis(se) prison
gefaßt werden (i, u, o) (auf

etwas) s'attendre à qqch de pénible
die **Gegenwart** présence
das **Gehalt** (¨er) appointements
ein **Geheimnis verraten** (ä, ie, a) livrer un secret
auf **Geheiß** sur l'ordre de
es **geht los!** c'est parti!
gekräuselt bouclé
gelangen s. arriver
das **Gelaß**(sse) pièce
die **Gelegenheit**(en) occasion
gelegentlich de temps en temps
gelingen (a, u) s. (es gelingt mir) réussir
das **Gemach** (¨er) chambre
gemein méchant, ignoble, moche
gemeinsam ensemble
das **Genick**(e) cou, nuque
genießen (o, o) (+ A) jouir de
der **Genosse** (n, n) camarade
genüßlich avec délectation
das **Geplauder** conversation, bavardage
gepolstert rembourré
geradezu carrément
das **Geräteturnen** gymnastique avec agrès
gering petit, modique (prix)
das **Geschäft**(e) affaires, commerce
geschehen (ie, a, e) s. arriver
die **Geschwister** frère(s) et sœur(s)
die **Gesellschaft**(en) société
das **Gesetz**(e) loi
das **Gespenst**(er) fantôme
gestehen (gestand, gestanden) avouer
das **Gestrüpp**(e) fourré
gesund machen guérir
die **Gesundheit** santé
gewähren accorder (une demande)
gewähren lassen (ä, ie, a) laisser faire
gewaltig immense, violent, puissant
das **Gewehr**(e) fusil
das **Gewicht**(e) poids
gewiß certainement

das **Gewitter**(-) orage
es **gewohnt sein** être habitué à
die **Gier** cupidité
gierig cupide
der **Glanz** (¨e) éclat, lueur
gleichen (i, i) (+ D) ressembler à
das **Glück** chance
glucksen glouglouter
glühen être ardent, brûler
das **Gold** or
gottlos athée, impie
der **Graben**(-) fossé
der **Graf** (en, en) comte
gräßlich affreux
greifen (i, i) (nach + D) s'emparer de
grinsen ricaner
das **Grinsen** ricanement
großartig grandiose
der **Größenunterschied** différence de taille
großsprecherig prétentieux
großzügig magnanime
die **Gruft** (¨e) caveau
das **Grunzen** grognements
die **Gruselgeschichte**(n) histoire d'épouvante
der **Gummistiefel**(-) botte de caoutchouc
der **Gürtel**(-) ceinture

— H —

das **Haar**(e) cheveux, chevelure
das **Hackfleisch** viande hachée
der **Hafen** (¨) port
halt die Klappe! ferme-la!
halten (ä, ie, a) tenir
halten (ä, ie, a) (an sich h.) prendre sur soi, se retenir
der **Hammer**(-) marteau
handeln (von + D) traiter de, parler de
das **Handgelenk**(e) poignet
der **Hängeschrank** (¨e) armoire murale
harmlos sans danger
hart dur, durement
haschen fumer du haschisch
die **Hast** précipitation

hasten se hâter
hastig précipitamment
häßlich laid
hauen (hieb, gehauen) fendre
häufen sich s'accumuler
die Hauptsache le principal
hausen habiter, nicher
der Hausierer(-) colporteur
ein Hausstand gründen fonder une famille
heben (o, o) soulever
der Hecht(e) brochet
heften épingler, clouer
hegen prendre soin
heilig sacré
die heilige Jungfrau Sainte Vierge
die Heimat pays, patrie
heim/kommen (a, o) s. rentrer (chez soi)
heiraten se marier
der Heizstrahler(-) radiateur électrique
der Held (en, en) héros
die Heldentat(en) action héroïque
hell clair
der Helm(e) casque
das Hemd(en) chemise
der Hengst(e) étalon
herab/setzen abaisser
heran/nahen s. s'approcher
heran/wachsen (ä, u, a) s. grandir
das Herdfeuer(-) foyer
herrenlos sans maître
der Herrscher(-) souverain
der Herrschersitz(e) siège de la souveraineté
herum/fahren (ä, u, a) s. se retourner
der Herumtreiber(-) vagabond
hervor/ragen s. surgir
hervor/rufen (ie, u) provoquer
hervor/stoßen (ö, ie, o) s'exclamer
hervor/tun (a, a) (sich) se distinguer
das Herz (ens, en) cœur
herzig gentil
herzkrank cardiaque
der Herzog ("e) duc

heulen pleurer, chialer
heutzutage de nos jours
hexen faire des miracles
die Hilflosigkeit impuissance
hin und wieder de temps en temps
das Hindernis(se) empêchement
hin/halten (ä, ie, a) tendre
das Hintern(-) derrière
hinunter/neigen s. s'abaisser
hinunter/rempeln (Ugs) faire dégringoler
hinzu/fügen ajouter
die Hirschjagd(en) chasse aux cerfs
hoch haut
hochgereckt dressé, tendu
hoch/heben (o, o) soulever
die Hochzeit(en) mariage
hocken (sich) s'accroupir
der Hof ("e) cour
die Höhle(n) caverne
hölzern en bois
das Hörspiel(e) pièce radiophonique
das Höschen(-) petite culotte
hüten garder
die Hütte(n) boîte (où l'on travaille), cabane

— I —

immerhin quand même, toutefois
inzwischen entre-temps
irgendwann un jour quelconque
irgendwohin n'importe où

— J —

das Jahrzent(e) décennie
der Jammer désespoir, lamentations
jammern geindre, se plaindre
jammerschade! grand dommage!
je jamais
jedenfalls de toute façon
jubeln jubiler
der Jude (n, n) juif

— K —

das **Judenmädchen**(-) jeune fille juive
die **Jugend** jeunesse
der **Jurist** (en, en) juriste

die **Kälte** froid
der **Kamin**(e) cheminée
der **Kampf** ("e) combat
das **Kämpfchen**(-) petit combat
das **Kaninchen**(-) lapin
kaum à peine
die **Kehle**(n) gorge
keifen criailler
der **Keller**(-) cave
kennen (kannte, gekannt) connaître
die **Kerze**(n) bougie
keuchen haleter, souffler
kichern ricaner
kicken donner un coup de pied (dans un ballon)
kindisch enfantin
das **Kinn**(e) menton
kläglich plaintivement
die **Klamotten** fringues
klappern (mit den Zähnen) claquer (des dents)
klauen voler, chaparder
kleben coller
kleinlaut penaud
klemmen (sich) se coincer (qq chose sous le bras par ex.)
klingen (a, u) sonner
knabbern grignoter
der **Knabe** (n, n) garçon
knapp à peine
das **Knie**(-) genou
knien être ou se mettre à genoux
der **Knoblauch** ail
der **Knüppel**(-) gourdin
knurren grogner
der **Köder**(-) appât
die **Kohle**(n) charbon
der **Kolben**(-) crosse
komisch bizarrement
der **König**(e) roi
der **Konsum** supérette

die **Konsumgesellschaft**(en) société de consommation
das **Konzentrationslager**(-) camp de concentration
kopflos (sein) ne plus avoir sa tête à soi
die **Koppel**(-) enclos
der **Korb** ("e) panier
kostbar précieux
kosten coûter
köstlich délicieux
krachen craquer
die **Kraft** ("e) force
kränken offenser
die **Krankheit** (en) maladie
der **Kranz** ("e) couronne
kratzen gratter
kraulen gratter doucement, caresser
der **Kreis**(e) cercle
kreischen brailler
kreisen (um) s. tourner autour de
der **Krieg**(e) guerre
kriegen recevoir, obtenir
der **Krug** ("e) pichet
die **Kugel**(n) balle
die **Kühnheit** témérité
das **Küken**(-) poussin
der **Kummer** chagrin, souci
kunstfertig adroit, habile
die **Küste**(n) côte

— L —

lachen rire
lächerlich ridicule
laden (ä, u, a) charger
die **Lage**(n) situation
das **Lager**(-) couche
das **Land** ("er) campagne, pays
längelang de tout son long
langsam lentement
längst depuis longtemps
mir langt's! ça suffit! j'en ai assez!
langweilig ennuyeux, monotone
lärmen faire du bruit
der **Lastwagen**(-) camion
laufen (ä, ie, a) s. courir
lauschen écouter

das Leben vie
leben vivre
lebendig vivant
die Lederhose(n) culottes de cuir
der Leib(er) corps
die Leiche(n) cadavre
leidenschaftlich passionné
Leidwesen (zu meinem L) à mon grand regret
leise sans faire de bruit
leiten conduire
das Lid(er) paupière
das Lieblingsgericht(e) repas préféré
loben louer
die Locke(n) boucle
locken attirer
lohnen valoir la peine
lösen détacher
los/gehen (i, a) s. commencer
los/lösen détacher
der Löwe (n, n) lion
die Luft ab/drücken (jdm) étrangler
lutschen (Ugs) s. se débiner

— M —

mächtig énorme, puissant
machtlos impuissant
mager maigre
das Mahl(e) repas
die Mahlzeit(en) repas
Mal (zum letzten M) pour la dernière fois
mampfen mâcher avec la bouche pleine
das Märchen(-) conte
Märchen erzählen raconter des histoires, mentir
die Masern rougeole
matt d'une voix mourante
das Maul ("er) gueule
der Maurer(-) maçon
meiden éviter
meinen penser, dire
meinetwegen soit
meistens la plupart du temps
der Mensch (en, en) être humain, personne

merkwürdig bizarrement, étrange
mißbilligen désapprouver
mißhandeln maltraiter
das Mitglied(er) membre
das Mittel(-) moyen
das Mittelalter Moyen-Âge
mögen (mochte, gemocht) aimer bien
die Möglichkeit(en) possibilité
die Mohrrübe(n) carotte
morastig bourbeux
der Möwe (n, n) mouette
die Müdigkeit fatigue
mühevoll fatigant
mühsam difficilement
mühselig avec peine
die Mulde(n) auge (geo.)
munter machen réveiller
murmeln murmurer

— N —

nach (+ D) après
nach/ahmen (jdn) imiter
der Nachbar (n, n) voisin
nachdenklich pensif
nachgiebig qui n'offre pas de résistance
nachher ensuite
nach/lassen (ä, ie, a) diminuer
nach/rufen (ie, u) (jdn etw) crier qc après qn
nach/schenken reverser à boire
nachstehend suivant
nächstens une prochaine fois
der Nacken(-) nuque
nackt nu
die Nähe proximité
nahe/bringen (brachte, gebracht) faire comprendre
nähen coudre
nähren sich se nourrir de
der Narr (en, en) fou
naß mouillé
neidisch envieux
neigen (sich) se pencher
nicht einmal même pas
nie jamais
niedergeschlagen abattu (moral)
nieder/kauern (sich) s'accroupir

niemals jamais
das Nilpferd(e) hippopotame
notgedrungen poussé par (une obligation)
Nu (im) en un rien de temps
nur zu! on y va!

— O —

O Weh! Oh là là!
oben en haut
obwohl bien que
offen ouvert
offenbar visiblement
offen/halten (ä, ie, a) laisser ouvert
offen/stehen (stand, gestanden) être ouvert
öfters assez souvent
ohrfeigen gifler
das Opfer(-) victime

— P —

packen empoigner, attraper, saisir
packen (den Koffer) faire (ses valises)
palavern palabrer
der Panzer(-) char militaire
das Papiertaschentuch ("er) mouchoir en papier
die Partei(en) parti
passen (wie angezogen passen) aller comme un gant
die Paßhöhe(n) sommet d'un col
Pech (haben) avoir la poisse
pechschwarz noir comme jais
peitschen fouetter
pfäden saisir, gager
der Pfahl ("e) épieu
die Pfütze(n) mare
phantasieren délirer
piepsen piailler
der Pistolenhalfter(-) étui à pistolet
plappern bavarder, jacasser
die Plastiktüte(n) pochette en plastique
die Pleite(n) faillite

prächtig somptueux
prasseln crépiter
der Preis(e) prix
pünktlich (sein) (être) à l'heure
putzen nettoyer, éplucher (légumes)

— Q —

das Quartier(e) hébergement

— R —

räckeln sich s'étirer
der Radmantel (¨) cape
rammen donner un coup d'épieu, enfoncer
der Rand ("er) bord
rasch rapidement
rasten faire une halte
der Rat (Ratschläge) conseil
die Raubkatze(n) chat sauvage
das Raubtier(e) bête fauve
der Rauch fumée
raufen se battre
raus! dehors!
der Recke (n, n) (poét.) héros
reden parler
das Regal(e) étagère
regen (sich) bouger
reiben (ie, ie) frotter
das Reich(e) royaume
der Reichtum ("er) richesse, trésor
das Reisig branchages
reißen (i, i) se déchirer, arracher, s'emparer de
der Reiter(-) cavalier
der Reiz charme
rennen (rannte, gerannt) s. courir
retten sauver
richten préparer
richtig vrai
der Riese(n,n) géant
riesig gigantesque
der Ring(e) cercle
das Ringenspiel(e) carrousel
rinnen (a, o) s. couler
der Ritt(e) chevauchée

robben se traîner en rampant
rücksichtslos sans ménagement
der Rücksitz(e) siège arrière
ruckweise par à-coups
rufen (ie, u) crier, appeler
der Ruhm gloire
rühren (sich) bouger
rum/stehen (stand, gestanden) rester planté sans rien faire
die Rutsche(n) glissière, toboggan

— S —

das Sachbuch ("er) livre technique
die Sage(n) légende
der Sanitätsgehilfe (n, n) employé du service de santé
der Sarg ("e) cercueil
der Sattel (") selle
der Satz ("e) phrase ; saut
die Sau ("e) truie
saugefährlich salement dangereux
saugen (o, o) sucer
der Schädel(-) crâne
schaden (+ D) nuire
schadenfroh (sein) se moquer méchamment
schälen éplucher
schälen sich (Ugs) se sortir de
schämen (sich) avoir honte
die Schande honte
scharf affilé, tranchant, perçant (regard)
der Schatten(-) ombre
der Schatz ("e) trésor
der Schauer horreur
schauerlich effrayant
schaurig horrible, macabre
die Scheide(n) fourreau
die Scheidung(en) divorce
der Scheinwerfer(-) phare
der Schemel(-) tabouret
der Schemen ombre, fantôme
schenken offrir
scheuern frotter
die Schicht(en) équipe (travail) ; couche
das Schicksal(e) destin

schieben (o, o) faire glisser
schildern décrire
schimpfen gronder, rouspéter
das Schimpfwort ("er) gros mot, injure
das Schinkenbein(e) jambon (à l'os)
schlaff inerte
der Schlamm ("e) boue
die Schlamassel(n) (Ugs) emmerdements—
schlau rusé
schleichen (i,i) (sich) se faufiler
schleppen traîner
schließen (o, o) fermer
schließlich finalement
schlingen (a, u) enrouler
schlittern glisser
das Schloß ("sser) château
der Schloßherr (n, en) maître des lieux
schlottern trembler
schluchzen sangloter
schlüpfen s. se faufiler
der Schlüssel(-) clé
der Schluß ("sse) fin
schmecken (sich s. lassen) goûter
schmerzen faire de la peine
der Schmetterling(e) papillon
der Schmied(e) forgeron
schmieden forger
schmutzig sale
schnaufen haleter, souffler
schnellen s. bondir
die Schnur ("e) ficelle, fil
der Schnürsenkel(-) lacet
das Schoß (auf jds S. sein) (être sur les) genoux de qn
der Schrebergarten (") jardin ouvrier
schrecklich épouvantable, horrible
schreien (ie, ie) crier
schreiten (i, i) s. marcher
der Schriftsteller(-) écrivain
schrill perçant (voix)
der Schritt(e) pas
einen Schubs geben pousser
schüchtern timide
der Schuft(e) canaille, peau de vache

die **Schulferien** vacances scolaires
die **Schulter(n)** épaule
schütteln secouer
schütten jeter, répandre (de l'eau)
schützen protéger
der **Schwanz ("e)** queue
schweigen (ie, ie) se taire
der **Schweinskopf ("e)** tête de porc
schwer lourd
das **Schwert(er)** épée
der **Schwertstreich(e)** coup d'épée
die **Schwierigkeit(en)** difficulté
schwingen (a, u) brandir
schwitzen suer
schwören (o, o) jurer
seelenruhig en toute sérénité
die **Segnung(en)** bienfait
die **Sehnsucht (nach)** désir ardent
die **Seife(n)** savon
seitwärts sur le côté
selbst même
selten rare
seufzen soupirer
die **Sicherheit** sécurité
die **Sicht** point de vue
die **Siedlung(en)** lotissement
siegen vaincre
das **Silber** argent
die **Socke(n)** chaussette
der **Sommer** été
die **Sonntagshose(n)** pantalon du dimanche
sonst d'habitude, sinon
sorgenbeladen chargé de soucis
sorgfältig soigneusement
sorgsam avec précaution
spannend palpitant
der **Spaß ("sse)** plaisir
speisen nourrir
spitz pointu
die **Spitze(n)** pointe
der **Splitter(-)** éclat d'obus
spöttisch moqueur
das **Spottlied(er)** chanson satirique
der **Spruch ("e)** maxime, adage
sprudeln jaillir

der **Spuk(e)** fantôme
spüren sentir, remarquer
spurlos sans laisser de trace
die **Stadtbücherei(en)** bibliothèque municipale
stammeln bredouiller, bégayer
stand/halten (ä, ie, a) résister (à)
ständig toujours
staubig poussiéreux
staunen être étonné
stechend perçant
stehen (stand, gestanden) être là, debout
stehen bleiben (ie, ie) s. s'arrêter
stehlen (ie, a, o) voler
stehlen (sich) se faufiler
steif raide
der **Stein(e)** caillou
die **Steinschleuder(n)** fronde
stemmen appuyer en se raidissant
sterben (i, a, o) s. mourir
der **Steuerbescheid(e)** avis d'imposition
der **Stiefel(-)** botte
still/stehen (stand, gestanden) ne plus bouger
die **Stimme(n)** voix
stimmen être juste, correct
stinken (a, u) puer
stochern chipoter (repas)
stocksteif raide comme un piquet
stöhnen gémir
das **Stöhnen** soupir
stolpern trébucher
stopfen fourrer, mettre dans, repriser
störend dérangeant
der **Stoß ("e)** coup
stoßen (ö, ie, o) donner un petit coup, pousser
stottern bégayer
strafbar passible de sanctions
sträuben (sich) se hérisser
streben (nach + D) aspirer à
streicheln caresser
streichen (i, i) (mit der Hand) passer la main sur
der **Strolch(e)** vagabond
die **Stufe(n)** marche

stürzen (sich...auf) se précipiter (sur)
stützen appuyer
süß joli, mignon

— T —

die Tafel(n) table
der Tagedieb(e) fainéant
tagsüber pendant le jour
das Tal (¨er) vallée
die Tannennadel(n) aiguille de pin
tapfer courageux
tätscheln tapoter
tasten (sich zu etw. t.) avancer à tâtons vers qch
tatarisch à la tartare
tatsächlich en effet
der Taugenichts(e) bon à rien
taumeln vaciller
tauschen échanger
täuschen tromper
der Teer(e) goudron
teilen partager
teilhaftig (einer Sache t. werden) prendre part à
teilnahmslos indifférent, apathique
teilweise en partie
der Teufel(-) diable
der Tiefflieger(-) avion volant à basse altitude
tiefrot rouge foncé
der Tip(s) conseil
toben fulminer
der Tölpel(-) malotru
das Tor(e) portail
trachten (nach jds Leben t.) attenter aux jours de qq.
die Träne(n) larme
der Traum (¨e) rêve
die Traumwelt(en) monde chimérique
treiben (ie, ie) chasser, enfoncer, pousser à
die Treppe(n) escalier
triefen couler
triefend dégoulinant
trommeln tambouriner
trompeten barrir

der Tropfen(-) goutte
trösten consoler
trübe sombre, morne
die Trümmer ruines
tuckern faire un bruit de moteur
tummeln (sich) s'ébattre
tunken tremper (son pain dans la sauce)
der Türhüter(-) portier
die Turnhalle(n) salle de gymnastique
die Turnstunde(n) cours de gymnastique

— U —

übel mal
überaus extrêmement
überflüssig superflu
überfrieren (o, o) geler en surface
überhaupt somme toute, de toute façon, au juste
überirdisch surnaturel
überlassen (ä, ie, a) laisser à qq le soin de
überlegen réfléchir
überlisten duper
übermässig démesurément
übernehmen (i, a, o) (ein Amt) entrer en fonction
überqueren traverser
die Überraschung(en) surprise
überreden (zu) convaincre de
die Übersetzerin(nen) traductrice
überstürzt précipité
übertreiben (ie, ie) exagérer
überzeugt persuadé
übrigens d'ailleurs, à propos
das Ufer(-) rive
umarmen prendre dans ses bras
um/bringen (brachte, gebracht) assassiner
der Umgang (mit + D) fréquentation de
um/kehren s. retourner sur ses pas
umklammern enlacer
die Umklammerung(en) enlacement

der Umkreis(e) (im) à la ronde
umlagern assiéger
um/rahmen encadrer
der Umriß(e) contour
um/schauen (sich) regarder derrière soi
umschlingen (a, u) enlacer
um/sehen (ie, a, e) (sich) chercher qch
um/springen (a, u) (mit jdm) maltraiter qq
ohne Umstände sans façons
umstehen (umstand, umstanden) (jdn) entourer qqn
die Umstellung(en) changement
um/stimmen faire changer d'avis
die Umwelt environnement
die Umweltverschmutzung pollution
um/wenden (wandte, gewandt) (sich) se retourner
unbedingt absolument
unbefangen sans crainte
unberechenbar déconcertant
unersättlich insatiable
die Unfallversicherung(en) compagnie d'assurance
die Ungeduld impatience
ungeduldig impatiemment
ungeläufig peu familier
ungern avec réticence
ungewöhnlich inhabituel
Ungunsten (zu U. + G) au désavantage de
unheimlich inquiet, bizarre
unlustig à contrecœur
unmöglich impossible
unnütz inutile
unsanft brutalement
unschädlich machen mettre hors d'état de nuire
unschlüssig indécis, hésitant
unschuldig innocent
untätig inactif
ununtwegt sans cesse
unterbrechen (i, a, o) interrompre
unterdrücken réprimer
die Unterkunft (¨e) gîte
unternehmen (i, a, o) entreprendre

unternehmungslustig entreprenant
der Unterricht(e) cours
unterrichten enseigner
der Untote (n, n) mort-vivant
ununterbrochen sans cesse
unverlöschlich éternel, impérissable
unversehrt indemne
unwahrscheinlich invraisemblable
unwegsam impraticable
unwirtlich inhospitalier
die Ursache(n) cause

— V —

veranlassen provoquer
verbergen (i, a, o) cacher
verbieten (o, o) interdire
verbinden (a, u) relier
verblüfft stupéfait
verbluten mourir d'hémorragie
das Verbot(e) interdiction
verbrennen (verbrannte, verbrannt) brûler
verdammt nom d'un chien !
verdammter Hund ! espèce de chien !
die Verdauung(en) digestion
verdreht im Kopf débile
verduften ficher le camp
der Verein(e) association
vereinigen (sich) se rassembler
verfallen détruit, en ruine
verfluchen maudire
verglosten s'éteindre
das Vergnügen(-) plaisir
vergnüglich amusant
vergreifen (i, i) (sich an + D) mettre la main sur
verheißen (ie, ei) promettre
verhindern empêcher
das Verhör(e) interrogatoire
verirren (sich) se perdre
die Verkennung méconnaissance
die Verkleidung(en) déguisement
verkriechen (o, o) (sich) se blottir, se cacher
verlangen réclamer
verlangen (nach + D) aspirer à

verlieren (o, o) perdre
verlockend séduisant
vernünftig sensé
verödet dépeuplé
veröffentlichen publier
verrückt fou
versäumen laisser passer, manquer
verschaffen procurer
verschliessen (o, o) fermer
verschlucken avaler
verschont bleiben (ie, ie) s. être épargné
versiegen se tarir
versprechen (i, a, o) promettre
verspüren ressentir
verständnislos sans comprendre
verstauen replacer, remettre en ordre
das Versteck(e) cachette
verstummen se taire
der Versuch(e) essai
versuchen essayer
die Vertiefung(en) creux, niche
der Vertreter(-) représentant
verursachen causer, provoquer
verwechseln confondre
verwenden dépenser, distribuer
verwirrt désemparé
die Verwunderung étonnement
verzerrt déformé
verziehen (o, o) (das Gesicht) faire la grimace
verzweifelt désespéré
die Vokabel(n) mot, terme
die Völkerwanderungszeit époque des grandes invasions
voll laden (u, a) remplir
von weitem de loin
vor avant, devant
vor allem par-dessus tout
vor/haben avoir l'intenttion
vorhin auparavant, depuis peu
vor/kommen (a, o) apparaître, avoir lieu
vornehm distingué
der Vorort(e) banlieue
die Vorratskammer(n) office
die Vorrede(n) préambule
Vorschein kommen (zum) apparaître
die Vorschrift(en) règlement
vor/schützen prétexter
vor/schwindeln (jdm. etw.) raconter des bobards
die Vorsicht prudence
vorsorglich par précaution, plein d'attention
der Vortag(e) jour précédent

— W —

wackeln vaciller
mit dem Kopf wackeln dodeliner de la tête
der Waffenmeister(-) maître d'armes
wagen oser
die Wahl(en) élection
das Waisenkind(er) orphelin
die Wange(n) joue
die Wärme chaleur
warnen prévenir
Warschau Varsovie
der Waschkeller(-) buanderie
der Wasserfall(¨e) chute d'eau
das Weib(er) femme
weichen s. se retirer, disparaître
weiden paître
weigern (sich) refuser
die Weile moment
weinen pleurer
die Weise(n) manière
weisen (ie, ie) (von der Tür) renvoyer
weit und breit à la ronde
weitaus bien plus
weiter/leben continuer à vivre
Welt kommen (zur) venir au monde
weltberühmt célèbre dans le monde entier
wenden (wandte, gewandt) (sich) se tourner
wenigstens au moins
werfen (i, a, o) lancer
das Werk(e) besogne, œuvre
wertvoll de valeur
das Wesen(-) être
wetten parier
der Wetterhahn(¨e) girouette
der Wicht(e) gnome
wichtig important

wider/hallen résonner
widerspruchslos sans protester
der Widerstand opposition
wie aus der Pistole geschossen du tac au tac
wiederholen répéter
wiegen bercer
wild sauvage
wimmern geindre
winden (a, u) serpenter
winseln gémir
die Wirtschaft(en) café, restaurant
das Wirtschaftswunder(-) miracle économique
wischen essuyer
Wohl (auf das W. trinken) boire à la santé de
wohlig agréable
wohl/tun(a,a) faire du bien
wortreich prolixe
wund écorché
die Wunde(n) blessure
Wunder (es wäre ein W.) ce serait le plus grand des hasards
wunderbar merveilleux, splendide
wundern (sich) être étonné
wunderschön très beau, merveilleux
wünschen souhaiter, espérer
die Wut rage
wütend furieux
wutentbrannt fou de rage
wutverzerrt déformé par la colère

— Z —

zäh visqueux, coriace
zählen compter
zahlreich nombreux
der Zahn ("e) dent
zappeln frétiller
zart fin
zärtlich tendrement
der Zauber(-) magie, maléfice
die Zauberei enchantement
der Zeitgenosse(n) contemporain
zeitgenössisch contemporain

zeitlebens toute la vie
der Zeitpunkt(e) moment
die Zeitschrift(en) magazine
der Zentner(-) quintal
zerfetzen déchiqueter, écharper
zermalmen écraser, broyer
zerren tirer
zerstören détruire
zertrümmern briser
das Zeug(e) affaires, chose
ziehen (zog, gezogen) tirer
der Zigeuner(-) bohémien
zögern hésiter
zornbebend tremblant de peur
zu/bekommen fermer
zu/binden(a,u) bander les yeux
zücken prendre, sortir rapidement
der Zufall hasard
der Zufluß ("e) arrivée d'eau
zufrieden content
zu/frieren (o, o) s. se couvrir de glace
der Zug ("e) trait, expression
zugänglich accessible
zu/geben (i, a, e) avouer
zu/gehen (i, a) se passer, arriver
der Zügel(-) rêne
zugleich en même temps
zugrunde gehen (i, a) périr
zu/kommen (a, o) arriver
zumal d'autant plus que
zumindest tout au moins
zur Not au besoin
zurecht/kommen venir à bout de
zurecht/legen préparer
zurück/kehren revenir
zurück/ziehen (o, o) (sich) se retirer
zusammen/legen plier
zusammen/nehmen (i, a, o) rassembler (son courage)
zusammen/raffen ramasser rapidement
zusammen/reißen (i, i) (sich) se ressaisir, faire un effort
zusammen/schieben (o, o) refermer (objet télescopique)
zusammen/stoßen (ö, ie, o) heurter, frapper l'un contre l'autre

zusammen/zucken tressaillir
zusätzlich supplémentaire
zu/stoßen (ö, ie, o) arriver (un malheur), enfoncer
zuträglich digeste
zuvor d'abord
zu/winken (jdm) faire un signe de la main (pour appeler qq)

der Zwang obligation
der Zweck(e) but
zweifeln (an + D) douter
der Zwerg(e) nain
der Zwi lling(e) jumeau
zwingen(a,u) obliger

Imprimé en France sur Presse Offset par

BRODARD & TAUPIN

GROUPE CPI

La Flèche (Sarthe).
N° d'imprimeur : 16369 – Dépôt légal Éditeur 20531-03/2003
Édition 01
LIBRAIRIE GÉNÉRALE FRANÇAISE - 43, quai de Grenelle - 75015 Paris.

ISBN : 2 - 253 - 05935 - 8   30/8664/2